Primo Levi
Se questo è un uomo

〔意大利〕普里莫·莱维 著　沈萼梅 译

这是不是个人

人民文学出版社

PEOPLE'S LITERATURE PUBLISHING HOUSE

著作权合同登记：图字 01-2021-3891

Primo Levi
SE QUESTO È UN UOMO

图书在版编目(CIP)数据

这是不是个人 /（意）莱维著；沈萼梅译.—北京：
人民文学出版社，2015(2024.1 重印)
ISBN 978-7-02-011230-2

Ⅰ.①这… Ⅱ.①莱… ②沈… Ⅲ.①回忆录-意
大利-现代 Ⅳ.①I546.65

中国版本图书馆 CIP 数据核字(2015)第 271283 号

责任编辑：朱卫净 潘爱娟
装帧设计：一 蕾

出版发行 人民文学出版社
社 址 北京市朝内大街 166 号
邮政编码 100705

印 制 山东临沂新华印刷物流集团有限责任公司
经 销 全国新华书店等

字 数 150 千字
开 本 890 毫米×1240 毫米 1/32
印 张 7
版 次 2016 年 3 月北京第 1 版
印 次 2024 年 1 月第 5 次印刷

书 号 978-7-02-011230-2
定 价 69.00 元

目录

见证的艺术*

◎ 詹姆斯·伍德

　　普里莫·莱维不认为在奥斯维辛里挺过 11 个月并幸存下来堪称英勇。和集中营其他的见证者一样，他哀叹最优秀的人都丧命了，最糟糕的人却幸存了下来。但我们这些在相对意义上几乎完全没有经历过生存考验的人发现很难相信他。进入地狱却不被其吞噬，这怎么不能算是英勇呢？更何况，他带着如此微妙的清醒、如许多的讽刺几乎是平静见证了这个地狱？我们的一知半解加上怀有的仰慕，导致我们将作者简化为一个有着极度渴求的真诚的混合体：英雄，圣徒，见证者，救赎者。他记录奥斯维辛生活的《这是不是个人》(1947) 的标题带着一种明显的踌躇和颤栗，被他的美国出版商改成更亲和的、生存指南似的《活在奥斯维辛：纳粹对人性的摧残》。该书的美国版夸赞莱维的文本是"对不可摧毁的人类精神的永恒证词"，虽然莱维不时强调集中营能如何迅速、高效地摧毁人类的精神。另外一位幸存者——作家让·埃默里将"理解"误读为"让步"，非难莱维是个"宽恕者"，虽然莱维一直争辩自己关注的是正义，而非无差别的宽

＊　本文原为文学评论家詹姆斯·伍德 2015 年 9 月 28 日发表于《纽约客》杂志的　　书评，评论《普里莫·莱维全集》(*The Complete Works of Primo Levi*, Liveright　　2015 年版)。经作者和权利人许可，收入本书。——编者

恕。一个曾经在集中营化学实验室里遇到莱维的德国军官在《这是不是个人》中读出了"对犹太教（愤怒）的克服，一种对基督教爱邻人观的践行，也是一份对人之信念的证词"。当莱维于1987年4月11日自杀时，很多人似乎都觉得作家在某种程度上否认了自己的英雄气概。

莱维确是英勇的，同时他还保持着谦逊，注重实际，难以捉摸，带着一种冷酷的激情，又具有实验性。有时候他带着局限，文质彬彬；有时候他又带着地方习气。（他与来自和自己相同的阶级和背景的露西亚·莫珀戈结婚，并且最后死在他降生的那间都灵的公寓里。）在他人生的大部分时间里，他是一名工业化学家；他的第一本书《这是不是个人》的部分内容是在他每天坐火车通勤的路上写出来的。虽然他在奥斯维辛的经历迫使他开始写作、并成为其作品的核心主题，莱维的写作一直是多变而世俗的，往往还带着一种喜剧的基调，即使在他面对恐怖的困厄时也是如此。除了他的两本战时回忆录《这是不是个人》和《终战》（出版于1963年，美国版改名为《再度觉醒》）以及最后那本焦灼地探寻集中营生活和后续的《被淹没和被拯救的》之外，他还创作了一些现实主义和思辨风格的小说——其中一本关于二战时期的一群犹太革命党人，题为《若非此时，何时？》。另外，他还创作了大量的诗歌、散文、报纸专栏和那本优美、无从归类的《元素周期表》（1975）。

三卷本《普里莫·莱维全集》的出版，对它的出版商和主编安·戈德斯坦以及让莱维的工作得以全新面貌出现的译者们来说，是一种不朽而荣耀的努力。虽然他最著名的作品已经受益于之前已出版的一些英译本，但这一次他的全部文字得以汇总，并且涵盖了那些从未被译成英语出版的文字（尤其是他在 1949 年至 1987 年间未结集出版的文章）。

普里莫·莱维于 1919 年出生于都灵一个开明的家庭，他在一个被同化的、富有教养的意大利犹太人世界里长大。在《这是不是个人》中，他会写到当他第一次听到那个致命的目的地的名字时，"奥斯维辛"这个词对他而言没有任何意义。他只是模糊地知道意第绪语，且"只从曾在匈牙利工作过的父亲那里听说过一些意第绪语格言或笑话"。意大利大约有 5 万犹太人，其中大多数人都支持意大利法西斯政府（至少在 1938 年的种族法案被通过之前，这一法案标志着一种全新的激进的反犹主义）；莱维的一个表兄尤卡迪奥·莫米利亚诺在 1919 年就曾是法西斯党创始人之一。莱维的父亲也是法西斯党员，虽然他更多是想从中捞到便利，而非出于信仰。

在《元素周期表》一书中，莱维热情洋溢地复活了这个舒适的、有时颇为古怪的世界——这本书是一本回忆录，一段历史，一曲挽歌，同时也是莱维磅礴的文学才华的最佳例证。让莱维的文字有别于其他大屠杀见证文字的，正是他对刻画人物的迷恋、他在认知他人的过程中体验到的愉悦，以及他这种关注所具有的人性的辽阔。

《元素周期表》里充斥着对莱维的亲友们有趣的勾绘。他在《氩》这一章节里微微地对他们进行了轻嘲，因为和这种气体一样，这些亲戚们普遍具有一种惰性：这些懒惰、"静态"的人物言语诙谐，充满无用的玄想。尽管他们也许是充满惰性的，但绝非黯淡乏味之人。布拉敏伯伯爱上了一个异教徒女佣，宣告要娶她，却遭到了父母的反对；和奥勃洛莫夫一样，此后的二十年里他选择一直待在床上。玛利亚奶奶是莱维的祖母，在年老时有着令人生畏的威严，和家庭很疏离，还嫁给了一个信奉基督教的医生。也许"因为害怕自己的选择错误"，玛利亚祖母会轮流去犹太大会堂和基督教教堂做礼拜。莱维回忆起小时候，他父亲每个周日会带着他拜访玛利亚祖母。他们会沿着坡街走过去，莱维的父亲会停下摸摸猫咪，闻闻蘑菇，翻翻旧书：

> 爸爸是工程师，口袋里总装着书，认识所有猪肉贩子，因他用计算尺算所买的猪肉。他买猪肉时并不轻松，并非宗教原因，而是由于迷信。打破食物禁忌令他不自在，但他爱猪肉，只要看到猪肉店橱窗，每次都无力抗拒。他叹一口气，闭嘴诅咒两下，以眼角盯我三次，似乎怕我批评或期望我的赞同。

莱维在很小的时候就显示出他后来在散文里显露的许多种特质——严谨、好奇、激烈、灵活，井然有序到自负的程度。在小学时，他就是班里的优等生（他的同学们会欢呼"普里莫·莱维第一名"[①]）。在都灵顶尖的公学马西莫·达泽利奥中学，十几岁的莱维以其聪慧、并不魁梧的身材和犹太人的身份鹤立鸡群。他受到同学的欺凌，健康恶化。他的英文传记作者伊恩·汤姆逊暗示莱维认为自己在身体上和性能力上都是有缺陷的，所以他后来着迷的那些粗犷的运动——比如登山和化学，都代表了一种自我改进的努力。汤姆逊注

[①] 译注：原文"Primo Levi Primo！"是取莱维姓氏 Primo 的双关含义，Primo本义为"第一"。

意到，莱维日后回忆校园岁月时会将自己经历的不公视为"独特的反犹主义"，并且补充道，"这种印象究竟在多大程度上受到莱维最后经历的迫害的影响，还不得而知。"但是，有可能汤姆逊彻头彻尾弄错了。也许莱维在奥斯维辛展现出的生存韧性和他坚定不让自己再受欺凌的决心有关。

只要读完《元素周期表》第一章，你就知道自己面对的是一位真正的作家，他有着永不餍足和如索引般排布的记忆，知道如何让细节变得生动，如何设置场景，以及如何配置他的轶事。这是一本始终让人有引用冲动的书（莱维的所有作品几乎都如此，奇怪的是他的小说除外）。《元素周期表》生机洋溢地横贯了莱维一生的不同阶段：十几岁时对化学的兴奋探究；在都灵大学上严厉却不无趣味的"P 教授"的课，P 教授对法西斯要求穿黑色衬衫的规定嗤之以鼻，"却套个可笑的巴掌大的围兜"，猝然走动时围兜会不断从他的外套翻领抖出来。莱维钦佩自己的老师所撰写的化学教科书"清楚到固执的地步，简洁"，"充满对一般人及愚懒学生的蔑视"，并且还忆起自己唯一一次进入教授的办公室，看到黑板上写着一句，"不管死活，别为我举行葬礼"。

整本《元素周期表》都充满着对矿物、气体和金属既实用、又独特机智的描述。比如他描述锌："锌，锌板，锌块，他们用来做洗衣盆。这不是个让人有想象力的元素，这元素是灰色的，化合物则是白色，无毒，也缺乏有颜色的化学反应。简单地说，这元素很乏味。"莱维充满柔情地写到他的朋友和同事们，其中一些人我们还会在他的其他作品里遇到——乔丽亚·文耐斯"待人亲切、慷慨而幽默，是天主教徒而不僵硬，讲话懒洋洋的像活得不耐烦"；阿尔贝托·达拉·沃尔特后来成了莱维在奥斯维辛的朋友，似乎很神秘地保持了对集中营生活毒素的免疫："他是个心肠好但意志坚定的人，奇迹似的超脱。他没低头，也不折腰。他的举动、笑颜有种解放的力量，是营网的裂缝……我相信没人比他更受爱戴。"

《元素周期表》最动人的一章也许是《铁》。这一章回顾了和莱维一起学习化学的朋友桑德多，莱维和他一起体验了登山的乐趣。和莱维崇敬的很多人物一样，桑德多拥有强健的体魄和精神，并且被描绘成杰克·伦敦小说里顽固的自然之子那样的人物。桑德多看上去似乎是铁打的，祖上和铁的关系也不浅（他祖先是铁匠锅匠），他学习化学是为了营生，不带明显的思考；在周末，他就会去山里滑雪或者攀岩，有时候会在干草棚里度夜。

莱维和桑德多一起品尝了"自由"的味道——也许是一种来自思考的自由；一种征服了身体、矗立于山巅的自由；一种"主掌自己命运"的自由。桑德多是这本书里有力的存在，莱维意识到这一点，最终用他的不在场冲击了他的在场——在这一章结尾凄美的哀悼中，莱维告诉我们，桑德多的全名是桑德多·戴马斯楚，参加了（皮耶蒙特）行动党游击队。1944 年，桑德多被法西斯俘虏，并试着从法西斯党部逃走，却被一名 15 岁的儿童行刑队队员①打穿了脖子。这首哀歌的结尾是：

　　　　今天我知道想用文字编织一个人，让他在纸上活起

————
① 译注：这些儿童行刑队队员都是墨索里尼从少年感化院招募的。

来，尤其桑德多，是完全无望的。他不是那种你可以说故事的人，也不是那种你可以立碑的人——他嘲笑石碑。他活在行动中，当行动结束，他什么也没留下——留下的就只有文字。

这些文字成了石碑，即使莱维否认自己树立了它。

莱维的修辞风格最动人的一点在于他在声音和沉默、出场和离席，以及生与死之间的切换。莱维一再鸣起丧钟：这些鲜活的人类存活过，然后又消失了。但最终，他们存在过。《元素周期表》里的桑德多"什么也没有留下"；而最受集中营难友爱戴的阿尔贝托死在了严冬从奥斯维辛撤离的死亡之旅中（"阿尔贝托没回来，没有留下任何踪迹"）；"小矮个儿"埃利亚斯·林京，"对他当自由人时的生活，无人知晓"）；"希腊人"摩多·内厄姆在莱维回意大利的归途上帮助了他一段儿、让他活了下来（"我们进行了友好的交谈之后就分手了；从此之后，那震撼了古老的欧洲，将其拽入分离和重聚的野蛮对面舞的旋风终于偃息，我再也没有见过我的希腊语老师，也没有他的音讯"）。而那些"被淹没的"，则是"没有在任何人的回忆里留下踪迹的"亡者。莱维甚至也为自己鸣响了丧钟，因为他自己在某种程度上湮灭在那个刺在他身体上的编号里了："事隔三十年，我很难说清楚，一九四四年十一月那个有我名字，号码是174517的是个什么样的人。"

1943年11月，莱维和他的朋友们成立了一个反法西斯游击队。那是一支业余的队伍，只有可怜的装备，训练也不专业。法西斯士兵在12月13日那天的凌晨抓捕了他的部分队友。莱维的身份证明显是伪造的，他把它吞了下去（"照片特别难吃"）。但是这个举措帮了他：审讯的士官告诉他，如果他是游击队员，就会即刻被处决；如果他是犹太人，他就会被送到邻近卡尔比^①的一个集中营。莱维坚持了一会儿，然后选择坦白自己犹太人的身份，"部分出于疲惫，部分由于非理性的自尊"。他被送到摩德纳附近的福索利的集中营。那里的情况还是可以忍受的：那里有战俘还有不同国家的政治犯，还可以和外界有通信，并且没有强迫劳动。但是在 1944 年 2 月，德国党卫军接管了这个集中营，宣布所有的犹太人都要离开：犹太人被告知自己要准备两个星期的旅行。一辆有 12 节封闭货运车厢的火车在 2 月 22 日那天晚上掳走了 650 人。他们一到达奥斯维辛，就有 500 多人被"淘汰"杀死；其他 96 个男人和 29 个女人进入了集中营（莱维一直倾向于用"Lager"这个德语单词来指代集中营^②）。在奥斯维辛，莱维被囚禁在一个负责制造一种叫"布纳"的橡胶的劳改营里，尽管这种橡胶从未被生产出来。他被囚禁了将近一年多，然后花了将近 9 个月才最终返回家。"在那 650 人中间，"他在《终战》一书中写，"只有 3 个人生还。"这些就是事实，让人憎恶却珍贵的事实。

《塔木德》中有一个注释，辩称说"约伯从未存在过，只是一个寓言"。以色列诗人、集中营幸存者丹·帕吉斯在他的诗歌《训诫》中回应了这种轻而易举的抹消。帕吉斯说，尽管在这种神学上的竞争中存在明显的不对等，但约伯还是不

---

① 译注：卡尔比（Carpi），意大利北方重镇摩德纳附近的小镇。
② 译注：lager 是德语 Arbeitlager 的缩写，指劳动集中营。

自知地通过了上帝的考验，他用自己绝对的静默打败了撒旦。帕吉斯继续写道，我们也许会想象这个故事最可怕的地方在于，约伯没有意识到自己打败的何许人也、甚至都没有自己意识到自己获胜了。这不是真的，因为后面就是（帕吉斯）超凡的末句："但实际上，最可怕的地方在于约伯从未存在过，只是一个寓言。"

帕吉斯的诗句意思是："约伯的确存在过，因为约伯在死亡集中营里。受难不是最可怕的事情；更可怕的是一个人受难的事实被抹消了。"就是这般，莱维的写作坚称约伯存在过，不只是一个寓言。他的明断是本体论的、有道德意味：这些事情都发生过，一名受害者见证了这一切，这些苦难永远不该被抹消或者遗忘。在莱维完成"见证"的那些书中，有许许多多这样的事实。读者们很快就被告知了各种匮乏的法则，每样东西——每一种细节、物品和信息——都是至关重要的，因为所有的东西都有可能被偷走：电线、破布、纸张、碗、一把勺子、面包。囚犯们学着在吃饭的时候把饭盒托在下巴底下以防止面包屑掉落。他们用牙齿把指甲啃短。"死亡往往是从鞋子开始的。"感染往往是从脚上的伤口、水肿开始的；不合脚的鞋子可能是致命的。饥饿是永恒、压倒一切的，对于大多数人来说也是毁灭性的："集中营就意味着饥饿。"在睡梦中，很多囚犯砸吧着嘴唇，磨着牙床，梦见自己在吃东西。而起床号早得残忍，总是在黎明之前。当囚犯们拖着步子去劳动时，虐待狂式的、可憎的音乐会一直伴随他们：一组囚犯被迫演奏进行曲和流行的抒情曲，莱维说那单调乏味的击鼓声和铜钹的敲击声是"集中营的声音"，也会是他最后忘却的东西。而他称为集中营的"毫无意义的暴力"则无处不在：尖利的呵斥、殴打和侮辱；被强迫的赤裸；荒谬的管理规则，带着施虐狂式的悖论——比如，事实上每个囚犯都需要勺子，但集中营却不给他们发放，囚犯只能去黑市上为自己搞到一把勺子（莱维写道，当集中营被解放时，人们发现了大量全新的塑料勺被藏起来了）；抑或是每天狂热、冗长的点名，不分季节天气，向一群衣衫褴褛、奄奄一息的幽灵索要军国主义的精确。

很多诸如此类恐怖的事实都可以在别的见证者的证词里找到。莱维的作品卓越之处在于他非凡的叙事能力，这一点因为很多幸存者并不去讲述故事而更加突出；很多人经常会选择诗歌的形式（保罗·策兰、丹·帕吉斯和耶西勒·德-努尔 ① ）；或者从分析性的、报道的、人类学或哲学的视角来讲述这段经历（让·埃默里，杰曼·蒂利翁，欧根·科贡和维克多·弗兰克）。出于一些可以理解的原因，他们的重点落在了哀悼和充满血泪的礼拜仪式上，要么则是讲究快速精确，向外界呈现确凿的信息，并试图理解这一切。当维克多·弗兰克在《活出意义来》一书中介绍奥斯维辛的食物时，他是这么写的："因为重度营养不良，很自然地，对食物的渴望成了囚犯们的首要本能，所有的精神生活都是围绕这个核心建立起来的。"在这种对材料的科学处理背后，是一种基于叙事的生涩而产生的谨慎：这些作家在不同时间里穿梭，从集中

---

① 译注：耶西勒·德-努尔（Yehiel De-Nur），原名是 Yehiel Feiner，亦常用笔名 Ka-Tzetnik 写作——这个名字是集中营的看守称呼他的。他在奥斯维辛的编号是 13563，De-Nur 是希伯来语中"从火中所生"的意思。

营内外的不同年代里，基于某个主题挖掘、遴选出大量细节。当然，弗兰克的行文平静地坚称，"这些材料没有掌控我；我掌控着它们。"（这种姿态甚至也出现在某些关于大屠杀的小说中：豪尔赫·桑潘是布痕瓦尔德集中营的幸存者，他的小说《长旅》也体现了这种挣脱时间性的自由。这本书的场景设置在去集中营的火车上，但情节会一直快进，涵盖了整个集中营的经历。）

莱维的散文有着一种类似的笃定。在他的最后一本书《被淹没和被拯救的》中，他的分析是如此透彻，按照主题分类归置材料，而不再是讲述一个个故事。莱维也并不总是按照常规的时间顺序来讲故事。但《这是不是个人》和《终战》之所以如此有力，是因为它们并不鄙弃故事。它们游刃有余地铺展着自己的材料。我们在《这是不是个人》的一开始读到的是莱维1943年被捕的经历，而结尾则是1945年1月俄国人解放集中营。我们在《终战》里继续读到莱维这段漫长的、尤利西斯般的归乡之旅。一切都是全新的，一切都是某种引介，读者似乎也在用莱维那双不敢置信的双眼打量这一切。当他介绍"口渴"这种状况时，会这样写："他们会给我们水喝吗？不，他们又让我们站成一排，把我们带到劳改营中央的一个宽阔的空地上。"他第一次提到如今已臭名昭著的、常被引用的老调——"惟有进'炉子'的人才能从这里出去"："这是什么意思呢？后来我们才知道是怎么回事。"为了记录自己的发现，他的句子经常从过去式跳脱到当下的日记体例。

由此产生了一种伦理学，当作家持续在记录他从诸多细节中发现的道德（在这种境况下，也即，不道德的）新奇。

这就是尽管其中的材料细节堪称恐怖，每一位阅读《这是不是个人》的读者却不忍释卷的原因。莱维似乎也和我们一样不解，这既是叙事带来的惊诧，也是一种道德的震颤。受难者们对"奥斯维辛"这个名字的一无所知，从现实、象征层面为我们道明了一切。对于莱维而言，直到此刻，"奥斯维辛"才真正存在。它必须被发明出来，被引入他自己的生命。正如神学家们和哲学家们有时坚称的那样，邪恶不是善的缺席。邪恶是恶的发明：约伯存在过，而不是一个寓言。在第一次被一个德国军士殴打时，莱维体验到了相同的震颤："惟有一种深深的愕然：怎么能不带愤怒地殴打一个人呢？"或者，因为极度的饥渴，他掰断一根冰凌，却被一个守卫粗暴夺走。"为什么？"莱维问。他得到的回答是："*Hier ist kein warum*（这里没有为什么）。"又或者，当劳改营的囚犯头目阿莱克斯获得了凌驾于其他囚犯之上的有限权力时，将自己沾满油腻的手在莱维的肩上蹭擦干净，好像莱维并不是一个人。又或者，当莱维足够幸运地被选中在集中营的橡胶实验室担任化学家时，他遇到了监管化学考试的潘维茨教授，后者抬起眼睛看看自己的牺牲品，"那种目光并非人与人之间的目光，倒像是人隔着鱼缸的玻璃壁看鱼时的目光，是两个不同世界的生物之间的目光，而要是我能解释那种目光的本质所在，我也就能解释德意志第三帝国的疯狂了。"

莱维经常强调自己从奥斯维辛生还的很大一部分原因在于自己的年轻和体力；以及自己粗通一些德语（他观察到，很多不懂德语的囚犯在前几周都死去了）；还有他受过的化学训练，让他大大提高了好奇和观察的能力，并得以让他在被囚禁的后期能够在一间温暖的实验室的室内工作，与此同时，波兰的严冬正完成对不那么幸运的囚犯们的致命筛选；其他的一些意外则可以归结为运气。而在这些因素中，排名最后的是时机（他相对较晚地在二战末期加入战斗），还有他和他人缔结友谊的能力。他在《元素周期表》中这样介绍自己："我是大家都信得过、会来吐露故事的人。"在一个终极个人主义的世界里，每个人都必须为生存抗争，他没有让自己伤痕累累的机会主义成为求生的唯一模式。他和其他人一样被戮伤，但又拥有对他的大部分读者来说奥深而不可思议的智谋，因而未曾失去治愈他人和被治愈的能力。他帮助他人，也被他人援助。《这是不是个人》和《终战》中都有关于善行和施舍的美好描述，不是那些制裁者和施虐狂，而是这些生命赐予者——这些支柱、忍耐者、那些支撑莱维幸存下来的男男女女——的形象跃然纸上。年近五十的施泰因洛夫，是一位曾效力于奥匈帝国军队、参加过一战的退伍军士，严厉地告诉莱维他必须按时洗澡、擦鞋子、挺起腰杆走路，因为集中营是使人沦为畜生的一架大机器，"我们不应该变成畜生"。

尤其是洛伦佐·佩罗内，他和莱维一样来自皮耶蒙特地区，是个泥瓦匠，非犹太人，莱维将他视为自己的救命恩人。他们在 1943 年 6 月相逢（莱维当时在砌砖的劳动队劳动，而洛伦佐是主要的泥瓦匠之一）。在接下来的 6 个月里，洛伦佐会偷偷带额外的食物给他的意大利同乡，甚至还冒着更大的危险，帮忙送信给莱维在意大利的家人（作为一个第三帝国的"志愿劳工"——也即奴隶民工——洛伦佐拥有任何犹太囚犯都无法企及的特权）。而和洛伦佐的物质救援一样关键的，是洛伦佐的存在，提醒着莱维，"以他那种简单又淡定地做善人的方式，令我经常记住在我们当时那样的生活天地之外，还存在着一个正义的世界……多亏了洛伦佐，使我没有忘却我自己是个人。"

你能在字里行间感受到这种道德的反抗。莱维写道，他的写作是保持他的鞋子擦得发亮、他的仪态傲然端正的一种方式。他的风格乍看像窗玻璃一样清澈，但其实波澜起伏、充满策略。他因风格的纯粹而受追捧，有时又会因其沉默和冷漠被怪咎。但是莱维的"冷漠"，也只是如同你稍稍远离旺火、遽然感受到的那种寒意。他的镇静是激烈的哀悼、抵抗和确信。他也不是那么平易。他不惧怕滔滔洋溢的修辞，尤其在撰写哀歌时。"黎明仿佛背叛了我们似的蓦然而至；似乎新升起的太阳伙同那些人决意要毁灭我们……在诀别的时刻，我们彼此说了些活着的人互相不说的话。"他喜欢形容词和副词，崇拜康拉德，有时候他的口吻听起来也像是康拉德的——除却有时候康拉德会像拳击手那样将他的修饰语抢得到处都是（词语越重越好），莱维则整齐妥当地处理这些词。祖母诺曼·玛利亚最后嫁的天主教徒被形容为"堂皇、寡言、大胡子"；他的同学丽塔"衣衫破败，目光坚毅，悲哀而笃定"。切萨雷是那些道德强大、身体健硕的人之一，他在莱维需要的时候帮助了他，"非常愚昧，非常无知，又非常文明"。而在奥斯维辛，那些被淹没的、滑向死亡的人，会在"内心无比孤寂"中漂走。

这是一篇古典的散文，一个有教养、从未想过自己仁慈的反语要去鏖战它的道德对立面的男人的书写。但是，一旦加入战争，莱维就将反语变成一件强大的武器。想想这些词，"幸亏是"、"冷静的探讨"、"慷慨地"、"魔力"、"谨慎庄重"、"镇静"、"经历"和"大学"。这些词都被莱维令人瞩目地用来描述他在集中营生活的方方面面。"我幸亏是在1944年才被押送到奥斯维辛集中营"——这就是他带着被人诟病的冷漠，写下的《这是不是个人》的第一句。他冷静地借用了 *fortuna* 这个词在意大利语里的双关含义——既表示好运，也有命定的意味。在同一本处女作的前言中，莱维承诺对降临在自己身上的一切进行"冷静的探讨"。而集中营地狱般的进行曲则是一个人必须得摆脱的"魔力"。在《被淹没和被拯救的》一书中，莱维描述了当他得知自己要接受生死淘汰时的一个危机瞬间。他微微颤抖，几乎要乞求那个他并不相信的上帝的帮助和庇护。但是"却开始镇静下来"，他写道，后来他抵制住了这种诱惑。镇静！

在同一本书中，他收录了自己在1960年写给他的德国译者的一封信。他写道："集中营以及去记录集中营，是一种重要的经历并深刻地改变了我。"意大利原文是 "*una importante avventura, che mi ha modificato profondamente*"，雷蒙德·罗森塔尔在1988年最早的英文译本里保留了这层意味；新的这套"全集"弱化了这种反语的讽刺力量，将这句话转化成"深刻改变我的严酷考验"。因为莱维这些无懈可击的文字，和他的其他文字一样，是有道德意味的。首先，它们记录了他们所遭遇的玷污（我们会想，不应该称其为"经历"，而应该称其一场"严肃考验"）；其次，它们冷淡地抵制了这种玷污（不，我们坚持带着一种强大的讽刺力量，把这段经历称作一段"经历"）。

出于同样的一种平静而反叛的讽刺精神，《这是不是个人》有着几乎随意的结尾，就像一部传统的十九世纪现实主义小说那样，带着书本之外的一连串幸福的好消息："四月份，我在卡托维茨遇上了申克和阿尔卡法伊。他们都挺健康。阿尔图尔与家人幸福地团聚了，夏尔重新当老师了。我们相互写过很多信，我希望有朝一日能再见到他。"这种对（讽刺的）抵抗的侧重，让《这是不是个人》的续篇《终战》不但有趣，而且几乎充满欢乐色彩：集中营不复存在，德国人被战胜了，而更温柔的生活犹如精神的太阳，也在回归。莱维所有的作品中没有比《终战》开始的一个瞬间更动人的了：在经历了奥斯维辛几个月的蹂躏之后，奄奄一息的莱维被两个俄罗斯护士搀扶着下了一辆马车。他听到第一个护士说"慢点，慢点！"这句话用意大利语表述起来更妙："*Adagio，adagio*！"这样温柔的仁慈，宛若覆在文本上的一层香膏。

索尔·贝娄曾经说过，所有伟大的现代作家都试图定义人性，以便证明还有延续生命与写作的必要。这句话用在普里莫·莱维身上尤为正确，即使我们不时会觉得这是命运强行赋予他的一项事业。从某些角度看，莱维是悲观的，因为他提醒我们"人与人之间生来就平等的神话是多么空洞"。在奥斯维辛，那些本身就是强者的人成功了——因为他们从身体或道德上都比其他人强硬；又或者只是因为他们不如别人那么敏感和贪婪，在生存意志上更为犬儒。（让·埃默里曾经在比利时遭到德国党卫军的拷打折磨，就曾断言：在痛苦面前，我们也不是平等的。）而另一方面，莱维并不是悲观的神学家。他并不相信"可怜的自然选择过程"，正是这种观点统治着集中营，并且证实了人类本质的残酷。哲学家贝雷尔·兰最近在一篇对莱维的导读中提出，正是这种道德乐观主义让莱维堪称非凡。兰写道，莱维既不能被转化成一个霍布斯主义者（对于这种人来说集中营代表了终极的自然状态），也无法成为一个现代达尔文主义者（这种人必须奋力解释纯粹的利他主义只不过是生物性的利己主义的一种伪装）。对于莱维而言，奥斯维辛是一间例外、反常、不自然的实验室。"我们不相信想当然的轻易的推论：当一切文明的上层建筑被取消时，人从根本上来说是野蛮的、自私的、愚蠢的，"莱维直率地写道，"我们反倒认为，就这个问题，唯一的结论是，当人类面临身体的生理需要和痛苦的折磨，许多习俗和社会本性都无所适从。"

莱维指出，在日常生活里，在胜和负、利他和利己、被拯救和被淹没之间都存在着"第三条道路"，这三条道路事实上即是"规则"。但是在集中营里，并没有第三条道路。正是这种理解让莱维拓宽了对那些被困在他称为"灰色地带"里的人的理解。他把那些进行了道德妥协、在某种程度上和纳粹合作的人都归到这个区域——从最低等的（那些囚犯通过从事诸如清洁工或者守夜人这样卑微的劳动，从而获得额外的食物）；到稍有野心的（囚犯头头，也是劳动队长，这些自身也是囚犯的人往往成了屠夫和看守）；到极端悲惨的（特遣队，即被党卫军选中的犹太人，负责在几个月里运营毒气室和焚尸炉，直到他们自己也被消灭）。这个灰色地带可能会被误认为"第三条道路"，但其实是一种失常，一种因第三条道路的"缺席"而催生的绝望的极限状态。与带着臭名昭著的轻蔑评价那些与纳粹合作的犹太人的汉娜·阿伦特不同，莱维明显试图去抵达某种理解和较温和的审判。他发现这些人既可怜，又有罪责，因为他们（在进入集中营后）立刻荒谬地变得同时无辜和有罪。而他也没有让自己逃脱这块斑驳的道德图景：一方面，他坚定确信自己是无辜的；但另一方面，他为自己幸存下来而羞愧。

莱维有时候会提到他感到一种更大的羞耻——耻于生而为人，因为正是人类发明了集中营。但是，如果说这是一种普遍羞耻的理论，它却无关原罪。莱维的写作最让人愉悦的一个特质就是，它独立于各种宗教诱惑的自由。他不喜欢卡夫卡的视域的阴暗，且在一句著名的驳论中，抵达了卡夫卡的某种神学性的不安的核心——"他恐惧惩罚，而与此同时又渴望它……这是卡夫卡内在的某种病态。"对于莱维而言，善本身是可感知、可理解的，但是邪恶是可感知、却不可理解的。这就是他内在的健全。

1987年4月11日早晨，这个健全的高尚的人，在他67岁的这一天，走出了他位于四楼的公寓，跌到（或是将自己抛向）公寓楼梯的栏杆上。如果这是场自杀，那么这一行为就撕开了他生还的缝线。一些人很愤慨，另外的人则拒绝认为这是自杀。尽管从未言明，但这些姿态的意味几乎令人不安地近于某种沮丧，那就是纳粹最终获胜了。"普里莫·莱维在40年后死于奥斯维辛。"埃利·威塞尔写道。然而，莱维是一名选择自杀的幸存者，绝非无法幸存的自杀者。莱维自己就在《被淹没和被拯救的》关于让·埃默里那一章中反驳过这种病态的争论。埃默里在65岁那年自杀，说自己在集中营里花了很多时间考虑死亡；莱维相当尖锐地回应道，在集中营里他有太多其他事情要忙，没时间来体验这种内心的动荡。"生活的目标是对死亡最好的防御，这不仅适用于集中营的生活。"

很多当代的评论家们对莱维的抑郁症知之甚少或者一无所知。莱维和抑郁症抗争多年，直到最后病情变得极度严重。在他生命的最后几个月，他感觉自己无法写作、身体恶化，同时还担忧着母亲的健康。那年 2 月，他告诉自己的美国译者露丝·费尔德曼，在特定的层面上，自己的抑郁症"比奥斯维辛还要糟糕，因为我已不再年轻，已经缺乏弹性了"。他的家人对此却未曾存疑。"不！他完成了他说一直想去做的事！"他的妻子在听到事故时这么哀号。在这一点上，我们可以将莱维看作是个两度生还的人：第一次是从集中营生还，第二次是从抑郁症中幸存。他幸存了很长时间，然后选择不再幸存。这最后的行动也许并非和他的幸存相悖，而是这种幸存的延伸：他决定在自己选择的时间离开他自己的监狱。他的朋友伊迪斯·布鲁克同为奥斯维辛和达豪集中营的生还者，说："莱维的写作中没有怒嚎——一切情绪都是克制的——但是莱维却通过自己的死发出了如此自由的怒吼。"这种描述必定让人动容，也许也是正确的。因此一个人只能自我安慰，且这种安慰是必要的：和很多自杀者一样，莱维的死只是一声沉默的怒吼，因为它吞噬了自身的回音。困惑是自然的，但重要的是不要道德化。因为，最重要的是，约伯存在过，不是一个寓言。

索马里　译

你们在温馨的家里
无忧无虑地生活着，
晚上回家，等待你们的是
热腾腾的饭菜和亲切的脸庞。

　　可你们认为
　　这是不是一个男人：
　　他得在泥浆中干活，
　　为半块面包拼搏
　　内心从未有过安宁，
　　因为一句"是"与"否"
　　就不得不去送命。

　　你们认为
　　这是不是一个女人：
　　她剃光了头，没有名字
　　丧失了记忆能力，
　　呆滞的双眼，冰凉的怀抱
　　活像寒冬里的一只青蛙。

请你们凝神沉思一番
这的确是发生过的往事：
当你们待在家里
或正走出家门时，
当你们正要躺下
或正要起身时，
请你们
把我嘱咐你们的这些话
铭刻在心里，
对你们的儿女反复讲述。

啊，如若你们的家园被毁，
令你们病魔缠身，
目睹你们身边的孩子
痛苦地抽搐着脸颊。

作者前言

　　我幸亏在 1944 年才被押送到奥斯维辛集中营，也就是说，在德国政府因为劳动力日益缺少而作出如下决定之后：延长本要加以灭绝的死囚犯的平均寿命，大力改善集中营里的生活待遇，暂时终止随意处死人。

　　因此，我在这本书中对于凶残暴行的种种行径没有大加渲染，因为对于死亡营令人震惊的灭绝人性的论题，如今全世界的读者已所知其多。本书的宗旨并非为了提出新的诉讼；它无非是提供了一些资料，有助于对人性的某些方面进行冷静的探讨。无论是个人还是民族，许多人或多或少会有意识地认为"凡是外国人都是敌人"。这种观念更多地沉淀在心灵深处，就像是一种潜在的疾病，唯有在身体失调的情况下才不定期地发作，而并非源于一种思想体系。但是一旦这种疾病发作，当未曾表达的教条成为一种推理的重要前提时，其所产生的连锁反应的极端，就是死亡集中营。它是一种世界观的产物，引出其必然产生的严重后果。只要这种世界观存在，其后果就会威胁着我们。死亡营的历史应该被大家理解为是一种危险的不祥的信号。

　　我意识到本书在结构上的欠缺，并为此请求读者原谅。事实上，写本书的意想和观念在死亡营的那些日子里就已经产生了。出于把事实讲述给"其他人"听的需要，出于想让"其他人"参与的需要，在从死亡营里出来获得自由的前后，这种需要存在于我们中间，像有一股强烈而又直接的冲动，它并不亚于人活着的其他基本的需要：本书就是为了满足这种需要而写就的，因此，首要的是为了内心的释放。正因为此，本书具有零碎片断的特点：章节并非按照逻辑循序，而是随情绪抒发的轻重缓急而写就。而衔接和协调的工作则是事后按计划进行的。

　　如若得补充说一句"书中没有任何事实是虚构臆造的"，我觉得似乎多余。

普里莫·莱维

旅　途

　　1943 年 12 月 13 日我被法西斯保安队 ① 逮捕了，当时我二十四岁，阅历浅，不谙世事，法西斯当局四年的种族隔离政策迫使我几乎生活在一个与现实世界隔绝的天地里，导致我充满着笛卡尔 ② 式的幻想，跟男性朋友肝胆相照，跟女性朋友关系淡漠。我内心滋生着一种温和而又朦胧的叛逆感。

　　当初我选择了上山打游击的道路可并不容易，因为在我看来，山上的游击队应当成为"正义和自由" ③ 属下的一个分支，才能站住脚跟，比我更有见识的其他一些朋友们也是这么看的。他们缺少与外界的联络，缺少武器和资金，又缺少筹集的经验。我们还缺少有才干的人，我们周围拥簇着一大堆难以委以重任的无能之辈。他们之中既有一心打游击的人，也有毫无诚意的人，他们从平原来到山上是想投奔一个尚未建立的组织，寻求能挑头的领导人，寻求武器，只要能得到保护，有一个藏身之处，有人间烟火，哪怕能穿上一双鞋。

　　那时尚未有人教会我的那种学说，后来我在纳粹德国的集中营里很快就不得不学会了，依照那种学说，人的首要本

────────

① 法西斯保安队，全名为志愿保安队，于 1923 至 1943 年间建立，归属法西斯党的军事组织，属于军队编制，承担维持社会治安和对年轻士兵进行军事训练的职能。
② 笛卡尔（1596—1650），法国哲学家和数学家，开创了现代唯理论，一种建立在以数学模式为基础的哲学科学理论。
③ "正义与自由"是意大利北方民族解放阵线的部队。

分就是以所有可能的方式达到自己的目的，而谁要是出了差错，谁就得付出代价。为此，我不得不认为，接着发生的一系列事情是合乎公道的。三支法西斯保安队在深夜出发，剿灭另一支远比我们更为强悍更为危险、隐藏在毗邻山谷里的支队，他们在一个白雪皑皑朦朦胧胧的黎明时分，闯入了我们的藏身之所，把我当作可疑的人带到山谷里。

在接下来一系列的审问中，我甘愿声称自己是"犹太族的意大利公民"，因为如若不这么说，即便是哪个"逃难者"也无法辩解自己怎么会出现在那么偏远的地方的，而且当时我认为（后来证明，这样想是错了），如若承认我的政治活动就会遭受酷刑，而且必死无疑。我作为犹太人被遣送到摩德纳附近的佛索利① 去了，那里有一座很大的拘留营，早已用来囚禁英国和美国的战俘，当时那里正陆续囚禁着无数对法西斯新建立的共和国政体② 不满的各界人士。

我是 1944 年 1 月底到达那里的，拘留营里的意大利犹太人已约有一百五十人，然而在短短几个星期里，就增至六百多人。甚至还有出于不慎抑或是被人告密，全家被法西斯分子或纳粹分子逮捕来的。少数人是自首的，他们或是因为终年过着颠沛流离的生活而绝望，或是因为生计无着，或是因为不愿与在押的配偶分离，甚至也有荒谬地为了"伏法当顺民"。那里还关押着上百名南斯拉夫的军人，以及另外一些被认为是政治上的嫌疑分子的外国人。

---

① 佛索利（Fossoli）是意大利北方重镇摩德纳附近的小镇，二战期间德国纳粹分子在那里设有一个集中营。

② 1943 年 9 月 8 日，意大利政府与英美联军签署了停战协定后，9 月 23 日，墨索里尼在北方建立所谓意大利社会共和国。

一小队德国党卫军的到来，令抱乐观态度的在押人员也产生疑虑。不过，人们对这个新动向的解读各有不同，没有能得出理所当然的结果来，但无论如何，万万没有想到的是竟然会宣布把囚犯遣送走。

2月20日那天，德国人仔细视察了拘留营，他们当众向意大利警长大声抗议厨房用膳服务欠周，分发的取暖用的柴火不足；他们甚至还说，就要开设的医务所很快进入运营。但是，21日早晨，人们得知犹太人第二天全部得走。不管老弱妇孺，一个都不留，没有例外。去哪里？无人知晓。要准备好作两个星期的旅行。不管是谁，点名时如若有一人不到场，就得有十个人被枪决。

唯有少数天真的人还固执地抱有希望：我们曾与波兰的和克罗地亚的难民谈了许久，我们深知那次出发意味着什么。

对于被判处死刑的人，按照传统的做法，事先要举行一个庄重的仪式，旨在表明激情和怨愤已灰飞烟灭，如同正义之举，死刑只是代表对社会所尽的一种悲壮的义务，以至连行刑的人对牺牲者都会寄予同情，因此，排除外界对死囚进行不相干的关怀，赋予死囚的是孤寂，而且，只要他愿意，会给予他一切精神上的安慰。简而言之，人们设法令其不觉得四周充斥着仇恨或专横，感到的只是必然和公道，伴随着惩罚的是宽恕。

可是，他们并没有赋予我们这些，因为我们人数太多，而且时间太少，再说，我们究竟有什么该忏悔的，我们有什么要让人宽恕的呢？意大利警长安排好的一切服务措施将继续运转到最后的消息被宣布时。伙食正常供应，打扫卫生的苦役像往常一样干活，甚至小小的学校里的老师和教授们也像往常一样在晚间教课。不过，那天晚上没有给孩子们布置作业。

夜晚来临，那是如此的一个夜晚，一个人们懂得人的肉眼不该看也不该存在的夜晚。没有任何一个看守，无论是意大利的看守还是德国的看守，会有那种勇气来看一看，人在知道自己必将去死的时候会做些什么。

每个人都以自己命里注定该用的方式告别人生。有人祈祷，有人酗酒，有人纵情作乐。然而母亲们却熬夜悉心准备旅途的食物，她们给孩子们洗澡，整理好行装，黎明时分，铁丝网上都挂满了晾在那里的孩子们换洗的衣物；而且她们也不忘带上尿布、玩具和小枕头，还有她们知道孩子们随时要用的诸多小物件。要是你们，在这种时候不会这样做吗？假如明天他们把你们和你们的孩子们一起处死，难道今天你们就不给他们吃东西了吗？

在 A8 号棚屋里住着老人加德涅奥与他的妻子，他们儿孙满堂，还有女婿和手脚勤快的媳妇们。他们家的男人们都是木匠，他们千里迢迢地从的黎波里 ① 来，随身总带着干活的家伙、炊具，还有手风琴和小提琴，用来在干完活后跳舞时演奏，因为他们都是些快乐虔诚的人。女人们都默默无言地抢先做好旅行的准备，她们动作敏捷，以便腾出时间来哀悼；等一切准备就绪后，烤熟烧饼，系好背包，她们就光着脚，披头散发，把送葬的蜡烛摆放在地上，按照祖先的习俗点燃蜡烛，围成一圈席地而坐，唱着《圣经》中的《耶利米

---

① 的黎波里（Tripoli），利比亚首都，位于地中海沿岸的港口城市，1943 年 1 月 22 日被英国人占领。

哀歌》祈祷了一整宿，哭泣了一整宿。我们众人都驻足停留在他们家门前，失去家园无处可去的民族古时的悲哀，渗入我们的心灵之中，那是世世代代离乡背井的无望的痛苦，对于我们来说是首次领悟到的痛苦。

黎明仿佛背叛了我们似的蓦然而至；似乎新升起的太阳伙同那些人决意要毁灭我们。我们内心的感受五味杂陈，有淡定的接受，有无望的反抗，有虔诚的放弃，有惧怕，有绝望，经过一个不眠之夜，此时已汇集成一种失控的集体的疯狂。默想和思索的时间业已结束，一切理智的冲动已融化在无所顾忌的无序的骚动之中。对我们的家园很多美好的回忆像闪电般浮现在脑际，就像利剑般刺痛着我们，在时空上是那么的邻近。

当时我们之间都说过很多话，做过很多事情；然而对于这些事情，最好别留下记忆。

*

德国人点名了，他们办事绝顶地精确，后来我们不得不习惯了他们这样。最后上士问道："多少人？"二等兵立刻敬了个礼，回答说，应该是六百五十名，全部整装待发。于是他们把我们装上汽车，把我们送到卡尔比车站。火车在那里等着我们，一路还有押送队。在这里我们第一次遭到殴打：事情是如此新鲜而毫无意思，以至无论从肉体上还是从心灵上，我们竟然都不觉得疼痛。惟有一种深深的愕然：怎么能不带愤怒地殴打一个人呢？

一共有十二节车厢，我们是六百五十人。我所在的车厢里只有四十五人，不过，那是一节小车厢。这就是赫赫有名的德国军用列车中的一辆，就在我们眼皮底下，在我们脚下，那是我们以往经常听说过的有去无回的战时军用列车，当时我们听了都胆战心惊，似乎难以置信。的确如此，丝毫不差：运货的车厢，车门从外面反锁着，里面关着老弱妇孺，男男女女像成捆的货物，被残忍地挤压在车厢内，运送到无名之地，往前面进发，驶向深渊。这一回车厢里面装载着的是我们。

*

每个人在自己的一生中迟早都会发现，完美的幸福是无法实现的，不过，很少有人会停下来逆向思考：完全的不幸也是不存在的。阻碍实现完美的幸福和完全的不幸这两个截然相反的极端状态的缘由，却有着相似的本质，都取决于我们人类的局限性，它乃是一切时空的无限之敌。人类的局限性使我们对于未来总是缺乏应有的认识，而这在某种情况下是对未来寄予希望，在另一种情况下是对明天的无望。深知必死无疑，就节制一切欢乐，也节制一切痛苦。用对于物质无可避免的关注与之抗衡，它们既玷污了一切持续的幸福，也竭力使我们不再去关注降临在我们头上的灾难，使我们对于不幸的灾难的认知变得支离破碎，从而也使其变得可以承受。

在遣送途中以及旅途结束之后，那种处境确实令人窘困，一路上遭受殴打，又冷又渴，使我们在一种无底的绝望深渊中沉浮。那既非求生的意志，也不是一种自觉的忍受：因为很少有人能这样做到，而我们只不过是人类中普通的样本。

车门很快就关上了，但火车到晚上才开动。我们颇感欣慰地得知我们的目的地——奥斯维辛。当时对于我们来说这是一个毫无意义的名字，不过，它总该是这个地球上的某个地方吧。

火车缓慢地行驶着，有多次长时间的烦人的停歇。从车厢通风的天窗里我们看到阿迪杰山谷的崇山峻岭，站台上最后一些意大利城市的名字在眼前掠过。第二天十二点钟光景，我们越过了勃雷内罗①，大家都站起来，但没有人说话。我心里想着有朝一日能遣返回国的路程，全力地想象着另一趟列车穿越这里时将会感到的无上的欢乐，车门是敞开的，因为没有人会想逃跑，眼前掠过的是首批意大利城市的名字……我环顾四周，心里暗想，在那堆可怜的人群中，会有多少人能有这个命，能轮到他踏上回家的路程啊。

我所在的那节车厢里的四十五个人中，后来惟有四个人重新见到了他们的家园——那是一节最最幸运的车厢。

我们忍受着寒冷和饥渴之苦：每当火车靠站，我们都大声嚷嚷着要喝水，哪怕是给一把雪。可是很少有人听见我们喊叫，押送的士兵们驱赶着任何妄图走近列车的人。有两位怀里抱着孩子的年轻母亲日夜哼哼着要求喝水。由于神经高度紧张，相比之下，饥渴、劳累和困倦倒变得不那么令人难以忍受了。然而，夜晚是不尽的噩梦。

很少有人能带着尊严走向死亡，而且经常是你并不抱有指望的那些人。很少有人善于沉默，并尊重他人的缄默。我们不安的睡眠经常被骤然喧闹的争吵和大声的咒骂所打断，

------

① 勃雷内罗（Brennero），意大利东北部与奥地利交界处的边境小城。

有时还因为不可免的扰人的身体碰触而遭受无故的拳打脚踢。于是有人点亮了黯淡的烛光，发现趴在地板上持续蠕动着的人堆，模模糊糊的黑压压的一片，随时因突然的痉挛而痛苦地抽搐起来，然而很快又因疲惫不堪而倒下。

透过车厢的通风天窗，望见我们所熟知的和未知的奥地利的城市名，萨尔斯堡、维也纳；然后是捷克的城市名，最后是波兰的城市名。第四天晚上，寒气逼人。火车穿越着一片片无穷无际黝黑的森林，可以感觉到列车是在往上爬坡。雪很厚。那应该是一条支线，车站很小，几乎空无一人。在停车期间，没人再力图与外界进行交流；当时我们觉得自己已在"另一个世界"里了。列车在一片开阔地停留了很久，然后又极其缓慢地往前行驶，尔后，到了深夜，最终停靠在一片寂静而又黑暗的平地上。

铁轨两侧闪着成排白色和红色的亮光，一望无际；但没有一丝嘈杂，我们从远处竟无法判断那儿是否有人居住。最后在惨淡的烛光下，车轮的滚动声消逝了，人声消匿了。我们等待着事件的发生。

有一个女人在整个旅途中都紧挨在我身边，像我一样在人群中被捆绑着。我与她相识多年，不幸的灾难把我们连接在一起了，我们彼此相知甚少。在诀别的时刻，我们彼此说了些活着的人互相不说的话。我们相互话别，十分短暂的告别；每个人都是在向另一个生命告别。我们不再害怕。

*

突然有人来释放我们了。车门哐当一声被打开了，黑夜里响起外国人的命令声，那些德国人下令时发出的简单、野蛮的狂吠，像是发泄一种沉淀了几百年的积怨。我们眼前出现了探照灯照耀下的宽阔的站台。不远处有一排装甲车。然后，又是一片寂静。有人翻译说：得带着行李下车，并得把行李挨着列车放下。霎时间，站台上人影麇集。但我们害怕打破那种寂静，所有的人都在行李周围忙碌着，相互寻找着，彼此呼喊着名字，不过是怯生生地、低声喊着。

十来名德国党卫军岔开双腿站立在一旁，神情漠然。突然间，他们插到我们中间铁板着脸，操着蹩脚的意大利语，低声地开始迅速地逐个盘问我们。他们没有盘问所有的人，只问了几个人。"多大年纪？""健康还是有病？"按照回答，他们把我们指向两个不同的方向。

一切都悄然无声，如同在一个水族馆或是在某些梦境里似的。等待着我们的不会是更加可怕的灾难吧：他们看起来像是普通的保安人员。一切都是那么令人不安，令人束手无策。有人大胆地要拿自己的行李，他们回答说："行李以后再取"；有人不愿意离开妻子，他们说："以后再相聚在一起"；许多母亲不愿意与儿女们分开，他们说："好吧，好吧，跟孩子一起待着去"。他们总是那么平静，令人信以为他们真的就像是履行公务，天天如此。不过，雷佐在跟他的未婚妻告别时，稍稍多迟疑了片刻，他脸上就挨了他们一拳，被击倒在地，那是他们每天履行的公务。

不到十分钟之内，我们所有的壮年男子都被集中到一个队。其他那些老弱妇孺结果如何，当时我们都不得而知，后来也无从确认：黑夜吞没了他们，那么简单、无情地吞噬了他们。不过，如今我们知道，在那次最后迅捷的淘汰中，他们都是以是否能有效地为德意志帝国干活来判定我们每个人；我们知道，我们这一列车的人，最后只有九十五个男人、二十九个女人，被分别编入布纳—莫诺维茨和比克瑙①的集中营里，其余的五百多人，两天之后，无人存活。我们也知道，他们不总是采用这种尽管脆弱的选择原则——即按照是否有劳动力来区分的原则，后来他们经常是采用更为简单的方法，对于新来到的囚徒不事先通知，也不加任何说明，只是简单地打开列车两边的车门，就把人给分开了。从列车一边下车的人进入集中营，从另一边下车的其他人就被送往瓦斯毒气室。

艾米莉亚就这样死了，她只有三岁，因为对于德国人来说，处死犹太人的孩子，显然是历史的必然。艾米莉亚是米兰工程师阿尔多·莱维的女儿，一个富有好奇心，大胆、快乐又聪明的女孩，一路上在挤满人的车厢内，她的父母亲设法在一只锌制的大盆里给她洗澡，所用的温水是非同寻常的德国火车司机允许他们从蒸汽机车上接下来的，那是把大家引向死亡的机车。

我们的女人们，我们的父母亲，我们的儿女们，就这样冷不丁地突然消失了。几乎没有人能与他们告别。我们看见他们在站台的另一端待了一阵子，黑压压的一片，然后我们就什么也看不见了。

在站台的灯光下，却出现了两队模样怪异的人。他们三人一行列成方阵行走着，步履出奇地艰难，脑袋冲前晃动着，双臂僵硬。头上戴着一顶滑稽的小便帽，穿着一身又长又肥

———

① 布纳–莫诺维茨（Monowitz-Buna）和比克瑙（Birkenau）分别是奥斯维辛集中营的三号营区和二号营区。

的条格衣服，即使在夜里也能从远处看出他们衣衫褴褛，他们围着我们站成一大圈，从不靠近我们，默默无言地在那里开始挪动我们的行李，在已撤空的车厢里上上下下地忙碌着。

我们一声不吭，面面相觑。一切都那么令人费解，那么疯狂，但我们又明白了一件事：等待着我们的就是这样变态的命运。明天，我们也会变成他们这样。

不知怎么回事，我发现自己跟其他三十来个人被装上了一辆卡车；卡车在夜间全速行驶；车顶被封住了，看不见外面的景物，不过，从车身上下颠簸的程度，可以明白道路的崎岖不平。我们没有了押送队了吗？……往下面纵身一跳？太晚了，太晚了，我们全得上“那边”去。何况，我们很快就发现了，我们并非没有押送队：那是一支奇特的押送队。他是个德国士兵，全副武装；我们看不见他，因为四周漆黑一片，不过，每当车辆猛烈颠簸让我们全部成堆地向左右两边歪倒时，我们都会碰触到他身上那硬梆梆的家伙。他打开一只袖珍手电筒，没有厉声地呵斥“你们这些邪恶的灵魂，见鬼去吧”，而是客气地一个个问我们是否有钱或手表交给他：反正以后我们也用不上了。他说的是德语和一种西语、法语、意大利语的混合语。这不是一种命令，不是一种规定：他是送我们下地狱的卡隆①，很明显这是他个人的一种小小的创意。他这样做惹得我们又好气又好笑，一种奇特的轻松。

① 卡隆（Caronte），希腊神话里把死者的亡灵通过忘川河运到地狱的摆渡人。因为他要索取一个小银币作为酬劳，所以希腊人习惯在亡人的嘴里放一个钱币。

在深渊之底

旅行只持续了二十来分钟。然后卡车停了下来，看到一扇大门，门楣上有灯光明亮的一行字样（至今我在梦里都仍能清晰地回想起这个）：劳动使人自由①。

我们下了车，他们让我们走进一个宽大的房间，里面空荡荡的，微微供着暖气。我们真的口渴得快死了！散热器里轻轻的流水声令我们快要发疯：我们都四天滴水未进了。不过，有一个自来水龙头：上面挂着一块小牌子，写着：水已污染，禁止饮用。真可笑，我觉得那块牌子显然是一种讥讽，"他们"明明知道我们渴得要死，把我们放在一间装有自来水管子的屋子里，却偏偏又用德文写上"禁止饮用"。我喝了，也鼓动同伴们喝；然而我又不得不吐掉了，水是温乎的，甜腻腻的，有股沼泽地的味道。

这是地狱。如今，在我们的年代，地狱就应该是这个样子：一间空荡荡的大屋子，我们疲惫地站在那里，一只自来水龙头滴着水，而水却不能喝，我们等待着肯定是可怕的事情发生，可什么也没有发生，一直没有发生任何事情。能怎么想呢？不再能想什么了，就如同已经死了一般。有人坐在了地上。时间一点一滴地流逝着。

我们没有死：门打开了，进来一个德国党卫军，他抽着

---

① 原文为德文 Arbeit Macht Frei。

烟。他不慌不忙地打量我们，用德语问道："谁懂德语？"

我们中间有个人朝前走了一步，我从未见过那个人，他叫弗莱施，他将是我们的翻译。那个党卫军作了一番冗长的训话，语气平静，翻译一一转述着。我们得五个人排成一队，人与人之间得间隔两米；然后得脱光衣服，而且得把衣服按一定的方式卷成一个包袱，毛料衣服放在一边，其他所有的东西放在另一边，把鞋子脱掉，不过得十分小心别让人偷了。

被谁偷呢？为什么要偷我们的鞋子呢？我们的证件、衣服和口袋里不多的东西，还有手表怎么办？我们大家都看着翻译，翻译问了德国人，德国人抽着烟，盯着看翻译，像是要看透他，仿佛他是个透明体，仿佛没有人说过话似的。

以往我从未见过上了岁数的男子脱光身子。贝格曼先生戴着疝气带，他问翻译是否该解下来，翻译犹豫了。但德国人明白了，他严肃地指着某人对翻译说话。我们见到翻译克制住自己，然后说道："上士说得解下带子，把科恩先生的那条带子给你。"看得出，让弗莱施的嘴里说出那些话是强人所难，这是那个德国佬捉弄人的方式。

然后又来了另一个德国人，他说把鞋子放在某个角落里，我们就把鞋子放在了那里，因为反正一切都完了，我们感到自己已经生活在世界之外了，唯一能做的就是服从。又来了一个人手里拿着扫把，他把所有的鞋都扫走了，鞋子被扫到门外摆成一堆。他疯了似的，把所有人的鞋都搅和在一起弄乱，九十六双鞋子，以后都配不成对了。门朝外开着，一股寒风吹了进来，我们光着身子，冻得用胳膊搂着肚子。风吹打着门，把门合上了；德国人又去把门打开，他全神贯注地看着我们一个个冻得抽搐着身子，躲在别人身后避着寒风；

然后，他走掉了，又把门关上。

现在上演第二幕。四个人拿着剃须刀、毛刷、理发推子，猛地闯进来了，他们穿着长条格裤子和上衣，胸口缝着一个号码；也许他们就是今天晚上（是今晚还是昨晚？）的那些人；不过，这四个人体格强壮，脸色红润。我们提了很多问题，可他们逮住我们，不一会儿工夫我们都被刮了胡子，剃了光头。没有了头发我们的面容该是多么滑稽可笑啊！四个人说的似乎不是这个世上的人说的语言，肯定不是德语，我是懂一点德语的。

另一扇门终于开了：我们全都被关在里面，赤裸着身子，光着头，双脚泡在水里站着，那是一间淋浴室。只剩下我们在浴室里，惊愕的情绪逐渐化解了，我们说起话来，人人都在提问，但无人回答。如果我们光着身子在浴室里，那么就是说我们要洗淋浴。如果我们要洗淋浴，就意味着他们还不会杀我们。那么为什么总让我们站着，不让我们喝水呢？没有人对我们作任何解释，我们既没有鞋，也没有衣服，全都赤身裸体站在水里，天气寒冷，我们跋涉了整整五天了，连坐都不让坐下。

可我们的女士们呢？

工程师莱维问我，是否在想我们的太太们，她们在这个时候是否也跟我们一样，她们在哪里，我们是否能重新见到她们。我回答说能，因为他结婚了，有一个女儿；我说我们肯定能再见到她们的。然而，在这一刻我的想法却是：这一切无非是个大阴谋，用来嘲笑和侮辱我们，而且显然他们是要杀害我们，谁相信还能活下去谁就是疯子，说明他上当了，我可不上当，我明白，很快阴谋都会了结，也许就是在这间屋子里，他们看着我们光着身子双脚轮换着蹦跳，不时还试着能否坐在地上，但地上有三个手指头高的凉水，我们没法坐下去，而一旦他们看腻味了，就会对我们狠下毒手的。

我们无谓地在水里来回走着，人人都在说话，在跟所有的人说话，这样一来，声音变得很嘈杂。门打开了，进来一个德国人，就是先前的那个上士。他简短地说了几句，翻译转述他的话："上士说你们必须安静，因为这里不是一所犹太法学博士生院。"看得出那不是他本人的话，这些骂人的话，他是撇着嘴说出来的，像是在吐一大口令人恶心的东西。我们请他问一下上士，我们是在等什么，我们在这里还得待多久，还有我们的女人们，一切的一切。但他说不行，他不想问。这个弗莱施极不情愿地把那个德国人说的冷冰冰的话勉强译成意大利语，拒绝把我们的问题翻译成德语，因为他知道一切无济于事，他是个五十岁左右的德国犹太人，脸上有一块大疤痕，是跟意大利人在皮亚维河①上交战时留下的伤疤。他少言寡语，是个性格内敛的人，我对他怀有出于本能的一份尊敬，因为我感到他比我们更早开始遭受磨难。

德国人走了，而我们现在都不做声了，尽管我们为自己就那样安静地待着而感到羞惭。黑夜尚未过去，我们问自己，白天是否会来临。门又打开了，进来了一个穿着长条格衣衫的人，他跟别人不一样，岁数较大，戴着一副眼镜，一脸文质彬彬，长得不很壮实。他跟我们说话用的是意大利语。

如今我们已不再感到惊诧。我们似乎在目睹某种疯狂的

---

① 皮亚维河（Piave），意大利威托尼大区的河流，全长 220 公里，流入亚德里亚海。

戏剧表演，登台表演的有女巫、圣灵，也有魔鬼。来者说着蹩脚的意大利语，外国口音很重。他做了长篇的讲话，很有礼貌，尽力回答我们所有的问题。

我们是在奥斯维辛附近的莫诺维茨，是斯雷西亚的北部地区，那是德国人和波兰人混杂居住的一个地区。这是个劳改营，德语叫"劳动集中营"①；所有的囚徒（大约一万人）在一个叫作布纳的橡胶厂干活，因而劳改营本身也叫"布纳"。

我们会得到鞋子和衣服，不是我们自己的，是他们另发的鞋子和衣服，就像他穿戴的那样。我们现在光着身子是因为我们在等着洗澡和消毒。天亮后就得立刻进行消毒，因为不经过消毒是不得进入营地的。

当然，会有活要干的。这里所有的人都得干活。不过，工作与工作不一样：比如，他当医生，他是个匈牙利医生，在意大利学过医，他是集中营的牙医。他在集中营已经四年了（不是这个劳改营：布纳劳改营才建立一年半），而我们仍然能见到他，他身体不错，不算太瘦。他为什么会在集中营？因为他跟我们一样是犹太人吗？"不是，"他坦率地回答说，"我是一名罪犯。"

我们没有向他提很多问题，有时候他会笑起来，有些问题他予以回答，有些问题他避而不答，看得出他是在回避某些话题。他不谈论有关女人们的事情。他说，她们都挺好，还说很快我们就会见到她们的，但他不说在哪里见怎么见。反之，他却给我们讲述其他一些匪夷所思的事情，也许他是

---

① "劳动集中营"在德语里是 Arbeitslager。

在拿我们寻开心。也许他是疯了：在集中营里人会变疯的。他说每周日都有音乐会和足球比赛。他说谁拳击出色，就能当厨子。他说谁干活好就能获得奖券，用奖券可以购买烟叶和肥皂。他说水龙头里的水真是不能饮用的，每天会发一杯咖啡代用品，不过一般没有人喝它，因为进餐时喝的菜汤本身很稀，足以解渴。我们求他设法给我们弄点喝的，但他说不能，说他是违背党卫军的禁令偷着来看我们的，因为我们身上还未经消毒，他得立刻走；他来看望我们是因为他对意大利人有好感，而且还因为"他是个有点良心的人"，他说。我们问他劳改营里是否还有别的意大利人，他说有几个，不多，他不知道究竟有多少，而且他立刻换了话题。这时钟声响了，他立刻就溜走了，我们很诧异，不安地见他离去。有人感到有了信心，但我并不觉得，我不断地想着这位牙科医生，这个令人费解的人，他是拿我们开心，他说的话我一句都不愿意相信。

随着钟声敲响，漆黑的营地苏醒了。突然滚烫的热水从淋浴喷头进出，身上感到有五分钟的舒适；可是随后，立刻闯进来四个人（也许是理发匠），我们全身湿淋淋的，冒着热气，他们大声吆喝着使劲把我们推进旁边的屋子里去，那里是冷冰冰的；另有人在这里大声嚷嚷着往我们身上扔抹布似的东西，往我们手中塞一双木头底的破鞋。还未等明白过来，我们就已经到了屋子外面，只见一片蓝澄澄的白雪，晨曦下冰天雪地，我们赤着脚光着身子，手里捧着全部行装，得跑到百米以外远处的另一个棚屋里去，在那里我们才被允许穿上衣服。

我们收拾停当后，每个人都待在自己的角落里，而且我们不敢抬头看别人。没有地方可以照镜子，但我们的模样就在我们跟前，反映在几百张铁青的脸庞上，那成百个可怜肮脏的玩偶身上。我们就这样变成了昨晚曾经隐约看到过的幽灵般的幻影。

此刻，我们头一次意识到，我们的语言缺乏能以用来表达所蒙受的这种侮辱的词语，它摧毁了作为一个人的尊严。在一瞬间，凭借几乎未卜先知的直觉，现实本身向我们揭开了面纱：我们到了深渊之底。没有比这更低之处了，没有比这更悲惨的、令人难以想象的境地了。没有任何东西是属于我们的：他们剥夺了我们的衣服和鞋子，连头发也给剃光了；如果我们说话，他们不会听；如果他们听我们说话，他们也不会明白。他们把我们的名字也剥夺了：倘若我们想留住它，就得在我们身上找到能够保留它的力量，让我们的名字背后的我们的些许东西，曾经的我们的些许东西，还能得以保存下来。

我们知道，在这一点上我们会很难被人理解，就这样也挺好。不过，请每个人都想想，往往有多少价值，有多少意义都蕴含在我们日常一些最细小的生活习惯之中，包含在我们连最最卑贱的乞丐都拥有的无数物件之中：一张手绢，一封旧信，一张至亲至爱的人的照片。这些东西是我们本身的一部分，几乎是我们身上的肢体；无法想象在我们的世界里连这些东西也都被剥夺了，也不能想象很快我们会找到另外别的东西取代旧有的，用我们其他的东西来象征和唤起我们的记忆。

现在请想象一下，一个人被剥夺了所有他爱的人，被剥夺了他的家，被剥夺了他的习惯，他的衣服，被剥夺了一切，最后被彻底剥夺了他拥有的一切：他将会是个虚无的人，沦为只剩下痛苦和需要的人，忘却了尊严和判断能力，因为谁失去了一切，就往往容易失去自我；因此，没有和同类的亲密关系，他就会轻易地抉择自己的生死；最幸运的情况就是，出于一种纯粹功利来判定其生死。这样，一个人就会理解把集中营称作"毁灭之营"一词的双重含义了，而且我们想用"倒在深渊之底"这句话来表达，其含义就很清楚了。

*

Häftling（囚犯）：我学会了，我是个囚犯。我的序号是174517；我们被命名了，我们左臂上被刺上数字，至死将带着这个烙印。

刺字手术有些轻微的疼痛，而且进行得很快：他们让我们全体人员排成一行，按照姓氏的次序一个个依次从一个手里拿着一根很短的针头、动作敏捷的官员跟前经过，这似乎是真正的入营仪式：以后只有亮出号码，才能领到面包和菜汤。花了好几天的工夫，没有少用拳头，免不了还扇耳光，才让我们习惯及时亮出号码，不至于妨碍每天膳食的发放；为了让我们学会他们使用的德语发音，他们花了足足几个星期甚至几个月的时间。在好些天里，当以往在自由的日子里养成的习惯驱使我读取手表时间时，手臂上颇具讽刺意味地蓦然出现了我的新名字，就是刺在表皮下面的那个近似天蓝色的号码。

我们之中有些人在很长时间以后，才逐渐学会奥斯维辛那悲哀的号码所蕴含的学问，它体现了欧洲犹太主义被毁灭的各个历史阶段。对于较早进集中营的老人来说，那号码说明了一切：进入集中营的年代，其所属的队列，进而就是所属的民族。每个人对佩戴着从30000到80000的号码的人都会肃然起敬：他们只剩下几百人，标明他们是波兰犹太居住区的少数幸存者。当人们与号码是116000至117000中间的人谈交易时，务必好好睁大眼睛：如今他们只剩下四十来个人了，不过都是希腊萨洛尼科人①，可别上当。至于"大"数字的号码，它们包含了一种喜剧性的意味，就像平常生活中使用"新生"或"新兵"那些称谓似的。最典型的"大号"是一个大腹便便的人，他驯服而又呆傻，倘若你说医务室给特异型号的脚分发皮鞋了，他都会信以为真，他真的会把盛菜汤用的饭盒塞给你"代为保管"，径直往医务室跑；你可以用一只汤勺跟他换三份面包；你可以把他打发到最凶狠的监工头那里（在我身上就发生过这样的事！），让他去问那里是不是"削土豆的劳动队"，是否可以招募他入队。

*

事实上，要纳入这种对于我们来说是全新的秩序，整个过程的关键和秘诀，简直是滑稽又讽刺。在手臂上刺字的手术结束后，他们就把我们关在一间空空荡荡的棚屋里。睡铺是整理好的，但绝对不准碰，也严禁我们坐在上面，于是我们在仅有的狭小空间里毫无目的地来回好半天，仍然忍受着长途跋涉后的极度饥渴。后来门打开了，进来一个穿长条格衣服的小伙子，一副文质彬彬的样子，小个子，瘦削的身材，金黄色的头发。他说法语，我们很多人围上去，劈头盖脸向

---

① 萨洛尼科（Salonicco），希腊城市。

他提出我们相互询问而不得其解的所有问题。

但他不太情愿说话：这里谁都不愿意说话。我们是新来的，我们一无所有，而且我们一无所知。干吗要跟我们浪费时间呢？他勉强地向我们解释说，其他的人都出去干活了，晚上回来。他是今天早晨从医务室来的，他今天不去干活。我问他，至少他们得把牙刷发给我们吧（我带着一份天真，仅仅过几天后我就已经意识到这种天真很荒诞可笑）？他没有笑，不过，他脸上现出一种极其鄙视的神色，冲着我狠狠地说了句："您不是在自己家里。"[①]这句话后来是大家反复唱的老调了："您不是在自己家里。"这不是疗养所，惟有进"炉子"的人才能从这里出去。这是什么意思？后来我们才知道是怎么回事。

实际情形是：口渴难忍之下，我瞥见了一扇窗外有一条冰凌，伸手可及。我打开了窗，把冰凌掰了下来，但眼前立刻就出现一个大胖子，他在外面巡视，他粗暴地把冰凌从我手里夺走。"为什么？"我用自己可怜的德语问他。"这里没有为什么。"他回答我，一把就将我推回屋里。

解释令人反感却又简单：在这个地方，一切都是禁止的，不是因为有什么隐秘的理由，而是因为劳改营就是为这样的目的而建立的。如果我们要在这里活下去，就得尽快明白这个道理。

……这里没有圣人的脸庞，这里可不是在塞尔基奥河[②]

---

① 原文为法语。
② 塞尔基奥河（Serchio），意大利托斯卡纳地区的河流，全长110公里，流入第勒纳海。

中游泳!

时间一小时一小时地流逝，这地狱十分漫长的第一天就快要结束了。当夕阳西下，天际喷出血红的晚霞时，他们终于让我们走出棚屋。他们会给我们水喝吗？不，他们又让我们站成一排，把我们带到劳改营中央的一个宽阔的空地上，还仔细地让我们列成方阵。然后又是一个小时，什么也没有发生：仿佛在等什么人。

营地大门旁的一支军乐队开始奏乐，演奏的是一首感伤的民谣，一支相当著名的抒情小曲。这令我们颇感奇怪，以至我们都面面相觑，窃笑着，心里油然萌生出一丝轻松之感：也许所有这些仪式，都只不过是德国佬的一场滑稽可笑的闹剧。然而，军乐团奏完了那支抒情小曲之后，接着还一支接一支地演奏别的进行曲，随后我们同伴们的队伍突然出现了，他们下工回来了。他们五人一行列成纵队，他们的步伐很奇怪，不自然，很艰难，仿佛是仅仅用骨头制作的僵硬的无关节的玩偶；不过，他们都是小心翼翼地按着军乐队的节拍行走着。

他们也跟我们一样，按照一种严格的秩序在宽阔的操场上列队。当最后一支队伍进来后就一一点数，点了足足有一个小时，还进行长时间的检查，似乎人人将人数汇总给那个穿长条格衣服的人，由他向一小队全副武装的党卫军汇报人数。

终于听到有人喊了一声"解散！"（这时天色已黑，然而，在探照灯和路灯的照耀下，整个操场灯火通明），听到这一喊声，所有的列队都解散了，熙熙攘攘，乱成一片。

现在他们不像刚才那样昂首挺胸僵直地走着：每个人都步履艰辛地拖拽着双脚。我注意到每个人手里都拿着或在腰带上挂着一个几乎跟脸盆那么大的铁皮碗。

我们这些初来乍到的新人也在人群中来回转悠，寻找着一个声音，一张友善的脸，一个向导。两个小伙子面朝棚屋的板壁席地而坐，看上去他们很年轻，最多有十六岁，两个人的脸和双手都是脏兮兮的，沾满了煤烟。当我们走过他们身边时，其中一个叫了我一声，用德语向我提了一些我没听懂的问题，然后问我们从哪里来。"意大利人。"我回答。我很想问他很多事情，可是我掌握的德语词汇实在很有限。

"你是犹太人？"我问他。

"是的，波兰籍犹太人。"

"你在集中营多长时间了？"

"三年了。"他举起三个手指。他进来时应该还是孩子，我恐怖地想道；另一方面，这意味着至少在这里有人可以活下去。

"你干什么活？"

"Schlosser。"他回答。我不明白。"Eisen，Feuer。"（铁，火）他强调说，并且用手示意，做出用榔头在铁砧子上捶打的样子。那么，他是个铁匠。

"我是化学家。"我声明说。而他严肃地点点头，"化学家，好啊。"然而这一切对于我是遥远的将来的事情：当时折磨着我的就是口渴。

"喝，水，我们没有水喝。"我对他说。他一本正经地看着我，几乎是严肃地逐字逐句地说："别喝水，伙伴。"然后，又说了些我听不懂的话。

"为什么？"

"Geschwollen。"他简洁地回答。我摇摇头，没有明白。"浮肿。"他鼓起面颊，用双手比划做出肿大可怕的脸和腹部，让我明白。"Warten bis heut abend。""你们等到今天晚上吧。"我逐字逐句地翻译着。

然后，他对我说："我叫伊克·斯克洛姆。你呢？"我对他说出我的名字，而他问道："你母亲在哪里？""在意大利。"斯克洛姆很惊诧："犹太女人在意大利？""是的，"我尽力解释道，"躲起来，没人知道；逃走，不说话，没人看见。"他明白了。现在他站起来，靠近我，羞涩地拥抱了我。奇遇结束了，而我感到内心洋溢着一种淡定的忧伤，几近是愉悦。后来我再也没见到过斯克洛姆，但是我没有忘却他那凝重而又带着少年的温馨的脸，曾经在死人之家的大门口迎接过我。

我们还有很多东西有待学习，不过，有不少的东西我们已经学到了。我们对集中营的地形已经有了一定的概念，我们这个集中营是一个边长约六百米的正方形，周围有两层铁丝网，里面的一层铁丝网通有高压电流。集中营由六十个棚屋构成，在这里称作"街区"，其中有十几个正在建造之中。另外加上厨房的主体，是砖砌的。有一间实验农场，由一队享有特权的囚犯经营着。每六个或八个一组的棚屋设有一个淋浴和公共厕所。有一些棚屋被指定用于特殊的目的。首先，在集中营东头的八个棚屋构成的一排房子是医务所和救护站；24号棚屋是疗疮室，是关押疗疮病人的；7号棚屋是留给"知名人士"的，就是留给杰出的人士，以及身居要职的在押人员的；47号棚屋用来关押德意志帝国臣民（德国雅利安人，政治犯或刑事罪犯）；49号棚屋只供党卫军使用；12号棚屋一半是为德意志帝国臣民和党卫军设立的，当作分发烟草、杀虫剂、偶尔还有其他物品的供应站；37号棚屋包含军需供应中心和生产办公室；最后是第29号棚屋，窗子总关着，因为是集中营的妓院，在押的波兰姑娘们在这里伺候，专供德意志帝国臣民寻欢作乐享用。

普通住人的棚屋分为两个房间；一个房间住着棚屋室长和他的朋友们，有一张长桌子、一些椅子和凳子；到处是奇奇怪怪五颜六色的东西，照片、杂志剪报、画儿、假花、小摆设；墙上贴着大标语、各种格言和赞颂秩序、纪律和卫生的小诗歌集；一个角落里，有一个橱柜，里面有经过审查的理发师用的工具，分发菜汤用的大汤勺和两根橡皮棍，一根实心，一个空心，同样也是用来维持纪律的。另一间是集体寝室，里面只有一百四十八个三层的床铺，排得密密麻麻的，就像是蜜蜂窝里的巢室，以能充分利用屋子所有的空间，直到屋顶，屋子由三个过道分隔开；这里就住着普通在押犯，每个棚屋住二百至二百五十个人，因而大部分床铺得睡两个人。那是一种活动的木板床，上面铺有一层薄薄的稻草，每张床铺有两条被子。走人的过道非常窄，两个人勉强能通过；地板的总面积那么小，除非超过半数的人上床睡觉，否则一个棚屋的人不能都同时逗留其中，所以不属于那个棚屋的人禁止入内。

集中营中间是点名的操场，十分宽广，囚犯们每天早晨都在那里集合列队去干活，每天晚上在那里点人数。点名的操场对面是一个花坛，里面的草皮经过精心的修剪，需要的时候那里还会竖起绞刑架。

我们很快就得悉集中营里的人分为三种类型：刑事罪犯、政治犯和犹太人。所有的人都得穿长条格衣服，都是囚犯，不过刑事犯所穿上衣的号码边上，戴着一个绿色的小三角；政治犯戴的是一个红三角；构成大部分人数的犹太人则戴着一个犹太人的星形标志，是红黄两色的。有党卫军的人，不过人数很少，而且住在营地外面，相对而言很少见到他们。我们实际上的主人是戴着绿色三角形的刑事罪犯，他们可以随便处置我们；另外是另两类人中那些对他们言听计从的人，他们人数不少。

按照每个人不同的性格，我们还很快先后学会了别的：要回答"是！"永远不要提什么问题，要总是装作已经明白的样子。我们懂得了食物的珍贵，现在用餐后也把饭盒的底刮得干干净净，为了防止面包屑掉落，我们在吃面包时把饭盒托在下巴底下。现在我们也知道从大桶底下捞起来的菜汤和从桶表层捞的大不一样，根据不同的汤勺捞菜汤的能力，我们能估计好排队时站到最合适的位置上，这样盛在饭盒里的菜汤就稠些。

我们懂得了一切都是有用的：细铁丝可以系鞋子；破布可以做成脚垫；纸张可以用来（非法地）填充上衣御寒。我们明白了一切都有可能被人偷走，而且一旦放松注意力，就会瞬间不见。而为了避免东西被偷，我们不得不学会睡觉的技巧，把脑袋枕在一个用上衣做成的包袱上，里面装着我们所有的一切，从饭盒到鞋子。

我们已经掌握了集中营里大部分规章制度，极其复杂。有数不清的禁忌：必须和铁丝网保持两米的距离；禁止穿着上衣睡觉，或不穿内裤或戴帽子睡觉；不得使用特别的洗漱间和公共厕所，它们是"看守的监工头"或者是"德意志帝国臣民"专用的；禁止不在规定的日子里洗淋浴，不得在非规定的日子里去洗；出棚屋不得把上衣的纽扣解开，或者把衣领竖起来；衣服下面不得垫上纸片或稻草御寒；禁止不脱光上身洗脸。

无数毫无意义的规定得履行：每天早晨得整理好"床铺"，要平整又干净；得用专门的机油擦去木屐的泥巴，得刮净衣服上的污泥渍（油漆渍、油渍和铁锈渍却是被允许的）；晚上得检查是否有虱子，是否洗了脚；星期六得让人刮胡子和剃头，自己缝补或交给人缝补衣服；每个星期天得检查是否生有疥疮，检查上衣是否少了纽扣，应该是五个。

还有，许许多多通常无关紧要的繁琐小事，在这里都成了问题。指甲长了得剪短，绝对只能用牙齿啃（脚指甲用鞋磨短就行了）；如若上衣掉了一个纽扣，就得用一根细铁丝把它系上；如若去厕所或洗漱间，得把到哪儿都总得带着的一切都带上，而在洗脸时，得把衣服包袱夹在双膝中间；用任何别的方法都不行，它们会在那个瞬间被人偷走。如若有一只鞋穿着脚疼，就得在晚上参加更换鞋子的"仪式"：这里就得考验个人的本事了，在令人难以置信的拥挤的人堆里，得一眼就选中一只（不是一双，是一只）合适的鞋，因为一旦选定了，不允许再换。

别以为在集中营的生活里，鞋子是一种次等重要的因素。死亡往往是从鞋子开始的。对于我们大多数人来说，鞋子像是上刑的刑具，行走没几个小时后，就会磨出令人疼痛的创伤，一旦发炎就是致命的。谁脚上发炎，就不得不像脚下踩着一只球似的行走（这就是为什么那幽灵似的劳动大军晚上回营时，走路的模样那么奇怪）；脚上疼痛，到哪儿都得是最后一个到，所以到哪儿都得挨揍；如若他们追赶他，就逃不了；他的脚肿了，而脚越肿就越会被鞋子的粗布和木头磨得疼痛，变得无法忍受。于是只能上医务室。但是进了医务室，医生的诊断就是"脚部肿大"，这是极端危险的，因为大家都知道，特别是党卫军他们都知道，这种病在这里是无法治愈的。

而在所有这一切当中，我们还没有提到劳动的事情，这里面也有一大堆规章、忌讳和问题。

所有的人都得干活，除了病号（要让人承认你是病号，本身就包含着高智商和阅历）。每天早晨我们都排成方阵从操场出来去布纳橡胶厂，每天晚上同样排成方阵回营地。我们被分成约二百个"劳动小队"，每一队十五人到一百五十人不等，由一名监工头指挥。劳动小队的工作有好有坏，大部分被指派去搞运输，工作相当艰苦，特别是在冬天，不说别的，因为总是在露天操作。还有技术人员的劳动小队（电工，铁匠，泥瓦工，电焊工，机械工，水泥工等等），每一个人都属于某个厂房或布纳的一个车间，直接归厂子里的师傅们领导，他们多半是德国人和波兰人；工作时间内基本如此，而在一天的剩余时间里，技术人员（总共不超过三四百人）的待遇与普通人员没有区别。集中营有一个特别的办公机构——"青年志愿军"，负责将每个技术人员分配到不同的劳动小队。叫它跟布纳的内部行政领导有不断的联系。青年志愿军按照不为人知的标准，而很明显他们经常按照是否有人保护或是否行贿来决定某个人能否得到吃的，实际上这样他也肯定能在布纳劳动营内得到一份好差使。

工作的作息时间按季节不同而有所不同。只要是白天光线好就得干活，因此冬天工作时间短（上午从八点到十二点，下午从十二点半到四点），夏天工作时间长（上午从六点半到十二点，下午从一点到六点）。天黑或者有浓雾的天气下是绝对看不到囚犯在室外干活的，反而即使下雨或下雪，或者刮大风（这在喀尔巴阡山是相当经常的事情），囚犯都得照常工作：因为天黑或浓雾可能会给囚犯创造机会实现逃跑的企图。

每两个星期天的一个还得照常工作。在所谓放假的星期天里，不在布纳工厂工作，也得干集中营内部的维修工作，这样一来，实际休息的日子是少而又少。

*

这就将是我们的生活。每天按照规定的节奏，"出去"又"回来"——从营地出去又回来；干活，睡觉，吃饭；生病，痊愈或是死亡。

……得熬到什么时候呢？可是谁提这个问题，早来到这里的老人会笑你，一提这个问题，就知道问话的人是新来的。他们会笑笑，而不回答问题：对于他们来说，成年累月地生活在那里，活在当下是更为紧迫和实际的问题。今天能吃到多少食物，会不会下雪，是否有煤要卸，而遥远的将来的问题显得是那么的苍白无力，没有任何迫切性。

倘若我们有理智，就得忍受这种现状，我们的命运显然是完全不可认知的，任何的猜想都是武断的、绝对没有任何现实根据。然而，当人的命运危在旦夕时，很少有人有理智：他们无论如何更愿意采取极端的态度。因此，按照每个人不同的性格，我们之中有人立刻深信一切都完了，认为在这里无法活下去了，结局肯定得死，而且就在眼前；另一些人却认为尽管等待着我们的生活会很艰辛，但还是可能有救的，并且不会遥远，如果我们有信念，有力量，我们会重返家园，见到我们的亲人。实际上抱悲观态度和乐观态度的两类人，并没有多明显的区别：并不是因为不表态的人很多，而是因为大部分的人记忆力差，想法也自相矛盾，他们根据说话的对象和时间来回变，徘徊在两种立场之间。

*

我就这样到了深渊之底。人在迫不得已的时候，是很快能学会一下子抹去过去和将来的。进入集中营十五天之后，我已经常饿着肚子，自由的人是不知道长期挨饿的滋味的，夜里会饿得做梦，人身体的全部肢体都会有反应；我已经学会不让别人偷自己的东西，倘若溜达时发现有一只汤勺、一根绳子、一颗纽扣可以据为己有而没有遭受惩罚的危险的话，我就会把它们放进衣兜里，我会觉得自己完全有权利拥有它们。我脚背上已经长了无法愈合的伤口。我推车皮，用铁铲子干活，在雨底下我精疲力竭，在疾风中我瑟瑟发抖。我的身躯已不是我自己的了：我的腹部肿胀，四肢干瘦，脸部在早晨是浮肿的，晚上会塌陷下去。我们之中有人肤色发黄，有人呈铁灰色；如若我们之间有三四天不见面，相互就难以辨认了。

我们在押的意大利人曾经决定每星期天晚上在营地的一个角落里集聚，但很快我们就停止这样做，因为每次我们再见面时，会发现我们的人数更少了，体态更走形了，脸色更苍白了，这太令人感到悲哀。而且，为了聚首，要迈出那样小小的几步竟然是如此艰辛。还有再度碰面时，往往会回忆往昔，勾起思念之情，所以还是别聚首为好。

启　示

　　最初几天我被任意从一个棚屋转到另一个棚屋，从一个劳动队转到另一个劳动队，深夜里我被指派到30号棚屋，指定给我的那张床铺上已经睡着迪耶纳。迪耶纳醒来了，尽管疲惫不堪，还是给我腾出位置，友好地接纳我。

　　我不困，或者更确切地说，我的困倦被我还无法摆脱的紧张和焦虑所掩饰，所以我不断地说话。

　　我有太多的事要问。我饿了，明天分菜汤时我没有勺子怎么吃啊？怎么才能搞到一只汤勺呢？他们会把我带到哪里去干活呢？自然，迪耶纳知道的跟我差不多，自然他用别的问题来回答我。但从棚屋的上上下下，近处远处，从已是漆黑一片的棚屋的各个角落，传来了困倦而又忿怒的声音，冲我大声喊道："安静，安静！"[1]

　　我明白他们是要我安静，不过，这个词对我来说是新词，而且因为我不知道它的意思和涵义，使我倍加焦虑。语言的混乱是这里的生活方式的一种基本要素；人们被一种永恒的巴别塔[2]所包围，在那里大家都用从未听到过的语言大声喊着各种命令和威胁，谁一下子不明白其含义，就会倒霉。这里人人都没有闲工夫，人人都没有耐心，没有人听你的。我

----

[1]　此处为德语。"Ruhe，Ruhe！"
[2]　《圣经》中西奈人建造的高塔，后为了惩罚他们的骄傲，被上帝所拆毁，以"搅乱"他们的语言，把他们驱散到世界各地。

们初来乍到的人本能地聚集在角落里，面对着板壁，就像绵羊似的，只想感到肩背上确实有东西遮盖着就是了。

于是我放弃了提问，很快就进入紧张而又痛苦的睡眠。然而那不是休息：我觉得受到威胁，遭人算计，我随时都准备好自卫反击。我做梦了，仿佛见到自己睡在一条大街上，睡在一座大桥上，横在很多人进进出出的一扇大门上。一下子就到该起床的时候了，那么早就得起床啊。整个棚屋从房基上猛烈摇晃着，屋里的灯亮了，我周围所有的人都那么狂躁不安抽风似的活动起来：他们掀动被子，扬起团团发臭的尘埃，他们匆匆地穿上衣服，穿了一半衣服就疯了似地往外面冰天雪地里跑，飞快地冲向厕所或洗漱间。为了节省时间，许多人像野兽似的边跑边撒尿，因为五分钟之内就要开始分发面包，那神圣的灰黑色小方块，你旁边同伴手里拿着的面包似乎很大，可到了你的手里却小得可怜。这是天天发生的错觉，最后都习以为常了，然而在起初，是如此令人难以忍受，以至于我们之中许多人成对成对地长时间地进行争论，说自己明显总是倒霉，别人是厚颜无耻地走运，最后他们交换了分配的份额，这样错觉重又倒置转换，令所有的人都不满意，很失望。

面包也是我们唯一可用来交换的货币：在分发面包和吃完面包短短的几分钟之内，棚屋里回响着叫唤声、争吵声和逃跑声。那是昨天借贷的人在欠债人有能力偿还的瞬间讨还欠债。此后就出现一种相对的平静，很多人利用这段时间再去厕所抽半根烟，或去洗漱间好好梳洗一番。

洗漱间并不是一个吸引人的场所。灯光幽暗，到处都有过堂风，砖地上覆盖着一层淤泥；水不能饮用，有一股呛人的味道，而且经常好几个小时没有水。墙上涂有奇怪的图文并茂的壁画，比如，上面绘有"好样的囚犯"，半裸着上身，在悉心地往剃得光亮发红的脑袋上擦肥皂；而"坏囚犯"则长着特别像闪米特人[①]的青绿色的鼻子，臃肿地穿着污渍斑斑的衣服，头上戴着便帽，一只手指头小心翼翼地浸入洗脸池的水中。前者的画像下方写着："这样你就干净了。"后者的画像下面写着："这样你就会走向毁灭。"再底下无疑是法语："干净即是健康。"不过，是用哥特式字体写的。

对面的墙壁上突出地画着一只巨大的虱子，集白、红和黑三种颜色于一体，上面写着："一只虱子会置你于死地。"还有提示人的两行诗句：

饭前便后

莫忘洗手

有好几个星期，我把这些讲究卫生的警示，连同我们进入集中营时听到的有关疝气带的对话风格一起，当作是纯粹的德国式诙谐的表现。不过后来我明白了，那些画作的未名作者，在无意识中也许并未背离某些重要的真理。在这个地方，天天在肮脏不堪的洗漱间混浊的水里涮洗，实际上是无助于达到清洁和健康的目的的；然而，至关重要的恰恰是残存的生命力的表现，如同表现精神残存的工具那样，是必不

---

① 闪米特人，也译成闪族人。广泛分布在中东、北非、埃塞俄比亚地区的民族，有深厚的史前和历史文化渊源。

可少的。

我必须得供认这一点：仅仅被关押了一个星期之后，我身上爱清洁的本能就消失了。我在洗漱间里来回晃悠，我那位快近五十岁的朋友施泰因洛夫，他光着膀子，搓擦着自己脖子和肩胛，不见有什么效果（他没有肥皂），但是他特别用劲儿。施泰因洛夫见到了我，与我打了招呼，还毫不迟疑地严肃地问我为什么不洗澡。可我为什么要洗澡？洗了澡也许更舒服些吗？是不是会有人更喜欢我？我也许会多活一天多活一个小时吗？相反，洗澡也许反而会让我少活几年的，因为洗澡是一种劳动，是会浪费精力和热量的。难道施泰因洛夫不知道，半个小时之后，扛着装煤的口袋，我跟他之间的一切差别就不复存在了吗？我越是这样想，就越觉得在我们这样的条件下，洗脸是一件愚蠢的傻事，简直是轻浮的举动；一种机械的习惯，抑或更糟糕的是，它也是一种行将灭绝的礼仪的悲哀的重复。我们都将会死，我们正在死去：如果我起床后在上班之前只剩下十分钟的时间，我就想用来干些别的，我将沉思默想，我将作出结论；或者哪怕是看看蓝天，心想也许我是最后一次见到天空了；抑或甚至只留下我一个人单独活着，我得让自己享受一段小小的休闲时光。

不过施泰因洛夫却反驳我。他洗完澡，现在正用事先卷在膝盖上的粗布上衣擦干身子，然后穿上它，他没有停止收拾，同时狠狠地教训了我一番。

如今我已记不得他那些精辟的话语，为此我痛心疾首。他可是在 1914 至 1918 年的大战中效力于号称铁十字军的奥匈帝国军队的军士施泰因洛夫，因为我不得不把他用不确切的意大利语所说过的话，他作为杰出将士所说过的朴实话语翻译成我的语言，一个不轻易相信他人者的语言。不过，这正是当时他所说的话的含义，这种含义在当时、在未来都不会被忘却：正因为集中营是使人沦为畜生的一架大机器，我们不应该变成畜生；就是在这种地方人也能活下去，因此人应该有活下去的意志，为了日后能带着证据出去，能向世人讲述；而为了活下去，就得努力维护文明的生活方式，至少得保住文明的结构和形式，这是很重要的。我们是奴隶，没有任何权利，得直面各种侮辱，而且几乎肯定要面对死亡，但是我们还剩下一种权力，我们得全力维护它，因为它是我们最后的权力，那就是：我们不认同他们的兽性的权力。因此我们当然得把脸洗干净，没有肥皂，用脏水洗，用上衣擦干身子。我们得把鞋子涂上黑色，并非因为条例上是这么规定的，而是出于尊严，为了体面。我们得挺起腰杆子走路，不能趿拉着鞋子，并非是为了遵守普鲁士人的纪律，而是为了活着，为了不让自己开始死去。

这些都是施泰因洛夫对我说的话，他是个意志坚强的人：我的耳朵还不习惯听到这些奇怪的言论，我只能明白和接受其中的一部分，并且把其淡化成一种更加容易、更有韧性更温和的理念，那是几百年以来在阿尔卑斯山这边的民族所遵循的理念。按照那种理念，没有比竭力忍受他人拟定的全部道德规范更空虚的事情。不，施泰因洛夫的智慧和品德，对他来说当然是有益的，但对我来说还不够。面对这地狱般复杂的世界，我的思想是混乱的：是否真有必要为自己拟定一套生活准则并加以实践呢？抑或应该意识到不要有什么准则将更为有益呢？

医务室

　　日复一日，天天如此，要计算日子可不容易。我们成群结队地穿梭在铁道和仓库之间，不知过了多少天：一百来米的土地化冻了。背负着东西往前走，双臂垂胯返回来，默默无语。

　　四周的一切都对我们含有敌意。我们头顶上阴云滚滚，令我们见不到阳光；满眼都是惨淡冰凉的铁轨，看了令我们揪心。无边无际的铁道，永远见不到它们的尽头，可我们感到四周围都布满了带刺的铁丝网，无情地把我们与世界隔开了。而在脚手架上，在运营的火车上，在街道上，在挖掘的地方，在办公室里，见到的是人和人，是奴隶和主人，主人和主人，奴隶和奴隶；一些人恫吓另一些人，一些人激起另一些人仇恨，一切其他的力量却沉默着。我们相互都是敌人，抑或是对手。

　　不，事实上，在今天跟我一样承受着重负的我这个伙伴的身上，我没觉得他是个敌人，也不是对手。

　　他是努尔·阿克泽恩。他就是叫这个名字。他的号码的最后三个数字是018：仿佛每个人也许都意识到只有人才配有个名字似的，而努尔·阿克泽恩已不再是一个人了。我相信他自己也已忘了他的名字了，当然他表现得就像他自己本人一样。当他说话、看人时，给人的印象就是他内心是空的，光剩下一具躯壳，如同在池塘岸边发现的某些昆虫的蜕皮，靠一根细丝挂在石头上随风摇曳着。

努尔·阿克泽恩非常年轻，这构成了一种严重的危险。不仅是因为年轻人比成年人更难承受劳累和饥渴，尤其是为了生存，在这里个人得对抗所有的人，这需要一种长期的训练，而年轻人很少具备这种素质。努尔·阿克泽恩的体格也并不特别虚弱，但是所有的人都避开他，不愿意跟他一起干活。他对一切都无所谓，既不避开累活，也不顾是否会挨揍，更不在乎得寻找食物充饥。他完成所接到的一切命令，可以预见，若有人送他去死，他也同样会完全漠然地去死的。

他连驮畜基本的聪慧都不具有，驮畜在累得精疲力竭之前就停下来不往前拉了。只要还有力气，他就不停地干活，又拉货、又抬土、又推车，尔后骤然顶不住时，不声张，也不抬头，总是低着他那双忧郁和呆滞的眼睛。这让我想起作家杰克·伦敦在书上所描写的拉雪橇的狗，它会累到剩下最后一口气，直到死在滑雪道上。

因为现在我们大家都想尽一切办法省点力气，所以努尔·阿克泽恩显得比谁都干得多。他是个没命地干活的可怕的伙伴，所以没人愿意跟他搭伴一起干；另一方面，因为也没有人愿意跟我这样一个又瘦又笨的人一起干活，这样我们就常常得搭伴一起干了。

当我们空着手，又一次从仓库拖曳着脚步返回营地时，一列火车短促地鸣笛呼啸而过，挡住了我们的路。努尔·阿克泽恩和我却很高兴这样被中断，停下了脚步：我们衣衫褴褛，躬着腰背，等待着车厢在我们面前缓缓地穿过。

……德意志帝国国营铁路^①。

两列巨大的俄国火车，上面的镰刀和锄头的印记还隐约可见。德意志国营铁路。接着，八匹马，四十个人，皮重，载重容量：一节意大利车厢……我要爬到车里面，在一个角落里，好好地躲在煤炭底下，待着一动不动，别作声，处在黑暗中，聆听着车轮不断行进的节奏声，压过了饥渴和劳累；直到火车突然停下来，我将感到温馨的空气和干草的芳香，我探出身子来，到外面沐浴阳光。于是我躺倒在地上，亲吻大地，就像在书上读到的那样：脸贴着青草。一个女子走过来，她会用意大利语问我："你是谁？"而我就用意大利语对她叙述，她听得懂的，她会给我吃的，并款待我。而她不甚相信我说的事情，我会让她看我手臂上的号码，于是她就会相信了……

……结束了。最后一节车厢驶过去了，就像舞台上的幕布开启了，我们眼前出现成堆的铸铁支座，监工头手里拿着一根棍子站在生铁堆上，憔悴不堪的难友们成双成对地来回走着。

做梦是要倒霉的：伴随着梦醒时的清醒时刻是最痛苦不过的。不过我们并不经常做梦，而且梦也不长：我们只是些疲惫的牲畜。

我们又一次地站在铸铁支座堆下方。米什卡和伽利奇亚诺举起一个支座，把它粗暴地放在我们肩膀上。他们的工作不太累人，因此他们就显出自己很卖力气以便保住他们的位

---

① 原文为德文。

子：他们吆喝着动作迟缓的难友，煽动、警告大家，致使劳动的强度让人无法承受。这令我义愤填膺，尽管如今这简直已经成为常态了：享受特权的人压迫没有特权的人。集中营的社会结构就是建立在这种人际法则之上的。

这次轮到我走在前头。铸铁支架很沉，但很短，因此每走一步我都能感到努尔·阿克泽恩的脚步跟在我后面，他跟跟跄跄地不时地绊到我的脚，因为他无法跟上或是没顾得上跟上我的步子。

二十步的路，我们就到了铁轨那里，有一个坑洼处得跨过去。支架没有放正，有些不对劲，会有从肩膀上滑下来的危险。五十步，六十步。仓库的大门到了；再走五六十步，我们就可以把支架放下了。行了，不可能再走了，现在支架的全部重量都压在我胳膊上了；我再也承受不住疼痛和重负，大叫了一声，设法转过身去：一下子见到努尔·阿克泽恩绊倒了，他把肩上的铸铁支架都摔了。

倘若我的身体能够像往日那么灵活，我就能够往后一跳；可我跌倒了，全身肌肉痉挛，双手紧抱着被砸的脚，疼得两眼发黑。铸铁的棱角割开了我左脚的脚背。

霎时我什么也看不见，疼得不省人事。当我能环顾四周时，努尔·阿克泽恩还站在那里，他一动也不动，双手插在衣袖里，一言不发，漠然地看着我。米什卡和伽利奇亚诺用意第绪语交换意见，向我提出一些建议。坦普勒和戴维，还有其他人都来了，他们利用这个机会暂停工作。监工头来了，他厉声训斥一番，拳打脚踢地把众人都撵走了，大伙儿就像迎风筛的谷壳似的散去了。努尔·阿克泽恩用一只手捂着鼻子，看着沾上血的手不吱声。我只在脑袋上挨了两下耳刮子，是那种打下去觉不到疼的耳光，因为能一下子把人打晕过去。

事故结束了。我确认自己好歹能站立起来，应该没有骨折。我不敢脱掉鞋，生怕重又会感到疼痛，而且也因为我知道脚会肿起来，我的鞋就无法再穿进去了。

监工头派我去替代伽利奇亚诺到铸铁支架堆上面干轻活，伽利奇亚诺恶狠狠地看了看我，就到努尔·阿克泽恩身边就位。不过，现在英国战俘们已经走过去了，很快就将要到返回营地的时辰了。

在行进中我尽量快步行走，但是我跟不上步子。监工头指定努尔·阿克泽恩和芬德尔扶着我一直走到党卫军面前通过。我终于（幸好今晚没有点名）到了棚屋里，可以倒在床铺上喘口气了。

也许是因为屋里暖和，也许是因为走路累了，我脚背又疼得令人难以忍受，伤脚上还有一种奇怪的湿漉漉的感觉。我把鞋脱掉：鞋子里全是血，已经跟泥浆还有一个月之前我找到的破布条凝结在一起了，当时我是用破布来当裹脚布的，一天裹在左脚，一天裹在右脚。

今晚喝过菜汤，我马上就得去医务室了。

Ka-Be 是德语 **Krankenbau** 一词的缩写，就是医务室。那里总共有八个棚屋，全跟集中营的其他棚屋相似，不过用一个铁丝网隔开。通常接纳着十分之一的营地人员，但是能在那里待上两周以上的人很少，没有人能待两个月以上：在此期限之内，我们要不就是死，要不就是被治愈。谁有被治愈的趋向，在医务室就得以治疗；谁的病情有恶化的趋势，就得从医务室被送到毒气室去。

这一切多亏了我们是属于"经济上有价值的犹太人"的阶层。

我从来没有在医务室待过，连诊疗室也没有去过，这里的一切对我来说都是陌生的。

诊疗室有两处，内科诊室和外科诊室。两队长长的人影在夜晚的寒风之中排在门外。有人只需要包扎一下，或拿几颗药丸；有人要求看病；有人脸上一副死人样。排在两个队前面的人已经赤着脚准备进去，当轮到他们入内的时间越来越近时，其他人都在拥挤的人群中准备解开吉祥物的系带，或者松开系鞋子的铁丝，或者小心地揭开珍贵的裹脚布条以免撕破；不能过早地这样做，免得光着脚无谓地站立在泥地里；也不能太晚，以免错过进入的轮次：因为是严格禁止穿着鞋进入医务室的。执行这个禁令的人，是坐镇在两个诊疗室门口岗亭里的一个人高马大的法国囚犯，他是营地里为数不多的法国职员之一。也别以为在带淤泥的破烂鞋子中间过上一天日子是一种小小的特权：只要想一想有多少人穿着鞋子进医务室，出来时就不再需要鞋子了……

当轮到我进去时，我奇迹般地脱去了鞋子和裹脚布，而没有丢失什么，没让人偷走饭盒和手套，身体也没有失去平衡，尽管我手里紧紧抓着便帽，因为凡要进棚屋，无论如何是不能戴着帽子的。

我把鞋子撂在存放处，领了相关的收条，然后光着脚，一瘸一拐的，手里提着我的那些哪儿都不能搁的可怜的衣物。我被允许入内，可我又排上一个通向诊疗室大厅的新的长队。

在这个队列中又得进一步脱衣服，当快要排到头时，还得光着身子，因为会有一个男护士把体温表塞在你的腋下；

如果有人穿着衣服，就会失去轮次，得重新排队。每个人都得测体温，尽管有人只是生疖疮或是牙疼。

他们用这样的方式就可以保证，谁只要不是真正患上了什么病，就不会随便地来承受这种复杂的礼仪。

终于轮到我了。我被允许站在医生面前，护士拔出我的体温表，向我宣布说：174517号，不发烧。对于我来说，不需要进行深入的诊疗，我很快被宣布为Arztvormelder，我不知道这是什么意思，这里当然不是要求给予解释的地方。我被推了出来，取回鞋子，回到了棚屋。

沙吉姆向我表示庆贺：我的伤口不严重，似乎没有危险，他肯定我将能适当地休息一段时间。我将跟其他人一起在棚屋过夜，不过，明天早晨我不会去干活，而是得再去医生那里做最后的确诊：这就是Arztvormelder^①的意思。沙吉姆对这些很有经验，他认为我明天很可能被收进入医务室。沙吉姆是跟我合睡一个床铺的，我对他非常信任。他是个波兰人，虔诚的犹太人，法律学者。他差不多与我同龄，是个钟表匠，他在这个布纳工厂里是修理精密仪器的。因此他是少数能以其精湛的手艺而保持尊严和自信的人。

事情果真是如此。起床后吃过面包，他们就把我和我同棚屋的另外三个人叫到外面去。他们把我们几个带到点名的操场上的一个角落里，那里已有一列长队，都是今天得去"看大夫"的人。过来了一个家伙，把我的饭盒、汤勺、帽子和手套都拿走了。其他人都笑了，难道我事先不知道该把它们藏起来，抑或托付给别人保管，抑或把它们卖掉？难道我

---

① 德语。意为先向大夫报告病情。

不知道这些东西是不能带入医务室的吗？尔后他们看了我的号码，摇摇脑袋：一个号码这么大的人身上，什么傻事都会发生的。

然后，他们点了点人数，在大冷天里让我们脱光衣服，脱去鞋子待在露天里，又重新点了人数，替我们刮去胡子，剃去头发和汗毛，而后又点了一次人数，并让我们洗了淋浴。接下去来了一个党卫军，毫无兴趣地看了看我们，然后在一个长了一颗大水疱疹的病人跟前停住，让他站到一边去。然后又点了一次人数，又让我们洗了淋浴，虽然我们洗完第一次淋浴后身上还湿漉漉的，有人冻得身上直发抖。

现在我们准备好做最后的检查。窗外的天空发白，时不时露出阳光。在这个国度里，可以像透过墨色玻璃一样透过云彩凝视天空。从太阳的位置来判断，应该是过了下午两点钟了：菜汤是喝不上了，我们已经站了十个小时了，光着身子已经待了六个小时了。

这最后的诊断进行得也特别快速：医生（也像我们似的穿着长格条纹衣服，但外面套着白罩褂，罩褂上缝着一个号码，他比我们胖得多）查看我淌着血肿大的脚，摸了摸，我疼得大叫起来，尔后他说："带走这个人，去23号棚屋。"我张大嘴待在那里，等着别的医嘱，但有人粗暴地把我往后拽，把一件大衣扔到我赤裸的肩上，还递给我一双拖鞋，把我撵到外面。

23号棚屋在百米以外的地方；上面写着"Schonungsblock"（休养室）。谁知道是什么意思。进到里面，他们脱去我的大衣和拖鞋，我又一次赤身裸体站在一排光着身子的骨瘦如柴的人的最后面：那些都是今天住院的人。

对有些事情我已很久不再去竭力弄明白。我支撑着还未作治疗的受伤的脚站着，已经是那么累，那么饥寒交迫，以至于对什么都不感兴趣了。这完全可能是我的最后一天了，对于大家都谈论到的这种毒气室，我能怎么做呢？不如身子靠着墙，闭着眼睛等着吧。

我旁边的人应该不是犹太人。他没有受过割礼，而且（这是至今我学到的不多的事情之一）那么浅黄的皮肤，大脸盘，体格魁梧，是典型的波兰人，不像是犹太人。他比我整整高出一个头，不过他的面部表情相当热情可亲，好像只有不挨饿的人才具有的。

我试着问他是否知道什么时候可以让我们进去。他转身去问待在一个角落里抽烟的男护士，那护士跟他长得很像，跟双胞胎似的。他们在一起有说有笑的，不回答我的问题，当我不存在似的。尔后他们中的一个抓住我的胳膊，看了看我的号码，于是他们笑得更厉害了。人人都知道，174000 号码以上的是意大利犹太人：两个月以前抵达的出了名的意大利犹太人，都是些律师和医生，原来有一百多个，现在已经只剩下四十个了，就是那些不会干活的，总被人偷去面包，从早到晚挨耳光的人，德国人称他们是 "zwei linke Hände"（两只不祥之手），甚至连波兰犹太人都看不起他们，因为他们不会讲意第绪语。

护士指给另一位看我的肋骨，仿佛我是解剖室里的一具尸体似的。他示意对方看我浮肿的眼皮和脸颊，还有细长的脖子，他俯下身子用食指按压我的胫骨，他让另一个护士注意，看食指按在像蜡一般苍白的皮肉上时所留下的深深的凹陷。

我宁愿自己没有跟那个波兰人说过话，我觉得自己一辈子从未受到过比这更为残忍的凌辱。护士这时好像结束了他的演示，说着我听不懂的话，听起来挺可怕的。他仁慈地对我说，用近似的德语概括地表述："你，不可救药的犹太人，你，马上去焚尸炉，你完蛋了。"

在所有住院的人被强行抓走、领到衬衣、填完表格之前，又过去了几个小时。我跟往常一样是最后一个。一个穿着崭新的粗长条格子衣服的家伙问我是哪里出生的，原来当"平民"时是干什么行业的，是否有子女，得过什么疾病，问了我一大堆的问题，可是能有什么用，这样复杂的排演，无非是为了取笑我们。这是什么医务室哪？他们让我们光着脚站着，盘问我们。

终于也给我打开了门，我能进入寝室了。

这里跟别处都一样，也是三层的床铺，在整个屋子里排列成三排，由两条十分狭窄的通道隔开。床位有一百五十个，病人约有二百五十个：因此几乎每个床铺都睡两个人。睡上铺的病人几近贴着天花板，几乎无法坐起来。他们好奇地探头出来看今天新来的人，这是一天中最有意思的时刻，总是能找到几个熟人。我被指派到十号床铺。奇迹！是个空床位。我惬意地伸展开身子，这是进入集中营以来第一次，我有一个全部属于我的床位了。尽管饿着肚子，没过十分钟我就睡着了。

医务室的生活是地狱边缘的生活。除了饥渴和疾病所致的痛苦，物质上的困惑相对少了。屋子里不冷，不用干活，除非犯了某种严重的过失，一般不会挨揍。

病号也得在四点钟起床，得铺好床，漱洗干净，但是不那么着急慌忙，要求也不很严格。五点半分发面包，而且可以从容地切成薄片，还可以平静地躺着吃；尔后可以接着再睡，一直到中午分菜汤的时刻。下午四点左右是"午休"，这时候经常是医生查看病人和给病人换药，病人得从床铺下来，脱去衬衣，在医生面前排好队。晚饭会分发到床前。之后，到晚上九点，除了夜里值岗的守卫那里的灯朦胧地亮着，所有的灯全都熄灭，一片寂静。

……进入集中营以来我第一次在熟睡中被吵醒，并且在无梦中再次苏醒。在分发面包时天还漆黑一片，从窗外传来远处军乐团开始的演奏，是没有患病的难友们排着方阵出去干活了。

从医务室听不清音乐，传来的是单调乏味的击鼓声和敲击声，听到的只是断断续续的音符夹杂着风的呼啸构成的乐曲。我们从床上坐起面面相觑，因为我们大家都感到这种音乐太可怕了。

主要的旋律很少，有十二首左右，每天早晚都是那几首：有进行曲，也有德国人耳熟能详的民间歌曲。这些乐曲深深地铭刻在我们的脑海里，和集中营有关的一切事情中，它们将会是我们最后忘却的东西：那是集中营的声音，感性地传达出其疯狂严酷的治人理念，他们决心先泯灭我们作为人的意识，然后慢慢地毁灭我们的肉体。

每当响起这种音乐时，我们知道在外面的雾霭中难友们像机器人那样列队出发了。他们的心灵已经死了，音乐却替代他们的意志，就像疾风吹打着枯叶一样，推动着他们行进。不再有什么意志：乐器的每一次震颤变成了一种步伐，一种疲软的肌肉抽搐的反射。德国人成功地做到了这一点。他们有一万人，而他们同时仅仅只是一部灰色的机器。他们的确死了心，无所想，无所欲，就只是机械地行走着。

囚犯出入营地时总是有党卫军在场。谁能够否定他们参加由他们编导的这种大型舞蹈的权利呢？谁能不让他们观看没有生命的人之舞蹈，看着他们列好队一个方阵接着一个方阵地在浓重的雾霭中艰辛跋涉呢？还有什么比这更能切实地证明他们的胜利吗？

医务室里的那些人也了解这种出入营地的礼仪，这是用无休止的节奏所施行的催眠术，用来扼杀思想和缓解痛苦。他们自己曾体验过这些，而且还会再这样体验的。但是得摆脱这种魔力，从外部去聆听音乐，就像在医务室里面，像现在这样，我们在获得解放和新生之后，不再服从它，不再忍受它，而是对其重新予以思考，以便明白当初究竟是怎么回事，明白为何德国人蓄意创造出这种可怕的礼仪。因为直到如今，当我们回想起那些单纯的歌曲的某首曲子时，为什么血管里面的血仍然会停止流动，并深深意识到能从奥斯维辛活着回来并非是小小的幸运。

有两个人挨着我的床铺。白天黑夜地紧挨着我躺着，就像黄道星座上的双鱼座似的，头尾倒置地交错睡在一起，一个人的头挨着另一个的脚。

其中一个叫瓦尔特·伯恩，一个荷兰的平民，相当有教养。他见我没有切面包的刀具，就把他的小刀借给了我，然后他主动提议用半份面包把小刀卖给我。我跟他讨价还价，于是我放弃不要了，我想在这医务室里总能找到人借我的，外面只要三分之一份的面包就能买到。瓦尔特没有因此而冷落我，中午喝完菜汤后，就用双唇擦干了汤勺（在把汤勺出借给别人之前的好规矩，把勺舔干净，不浪费粘在勺上的菜汤渍），并主动地把它递给我。

"瓦尔特，你得的是什么病？"

"肌体衰竭"，最糟糕的疾病：没法治愈的疾病，带着这种诊断进入医务室是很危险的。要不是他踝骨上的水肿（他露出踝骨让我看）使他不能出去上工，他不会让人把自己送到这里住院的。

对于这一类的危险，我的想法还相当模糊。大家都不直接地谈论，而是通过隐喻暗示，而当我提出一些问题时，他们就看着我，不吭声。

那么人们听说的有关筛选、毒气室和焚尸炉的事情是真的了？

焚尸炉。另一位瓦尔特的邻床突然醒来，腾地坐了起来：谁在说焚尸炉？发生什么事啦？能让人安心睡觉吗？他是波兰的犹太人，白血病患者，长着一张瘦削和善的脸，他已不年轻了。他名叫施姆莱克，是个铁匠。瓦尔特简短地把情况告诉了他。

如此说来"这位意大利人"不相信淘汰？施姆莱克本想说德语，可他说的是意第绪语，我勉强能懂，只是因为他想让人听明白。他示意瓦尔特别说话，由他来说让我信服。

"让我看你的号码：你的编号是174517。这个数字是十八个月之前开始的，对奥斯维辛及其属下的集中营都有效。

在布纳—莫诺维茨集中营里现在我们有一万人；在奥斯维辛和比克瑙也许有三万人。其他人在哪儿呢？"

"也许转移到别的集中营里去了……"我提示说。

施姆莱克摇摇头，他对瓦尔特说：

"他不想明白。"

*

然而，是命运很快促使我明白了，为此付出代价的是施姆莱克自己。晚上棚屋的门打开了，一个声音喊道："注意！"一切响声都湮灭了，听到的是铅一般的沉寂。

进来了两个党卫军（其中一个级别很高，也许是一个军官），听到他们的脚步声像在空屋里似地回响。他们跟主治医师说话，主治医师让党卫军看一个登记簿，这儿那儿地指点着。军官在一个小本子上记下。施姆莱克碰了碰我的膝盖："你留神。"

军官后面跟着医生，在床铺之间漫不经心地默默转悠；他手里拿着一条鞭子，抽打从上铺耷拉下来的一条被角，病人急忙去整理好。军官走过去了。

另一个病人的脸发黄，军官掀开他的被子，病人惊跳起来，军官摸摸他的腹部，说："好，好。"然后就走过去了。

这时他把目光落在施姆莱克身上，他拿出小本子，核查床铺的号码和刺字的号码。我从上铺看一切都很清楚：他在施姆莱克的号码旁边打了个十字叉后就走了。

现在我看着施姆莱克，而且我看到他身后瓦尔特的眼睛，于是我没有问什么问题。

第二天，出口处不像平时那样排着痊愈者的队伍，而是清楚地分成了两队。前面一队都刮过胡子剃了头，洗过淋浴。后面一队的人却留着长胡子，没有换新药，也没有洗过澡。没有人跟第二队的人告别，没有人委托他们给没有患病的难友带口信。

施姆莱克属于这一队。

就是以这样淡定和体面的方式，没有排场也没有愤怒，在医务室的棚屋里每天都有屠杀，今天轮到这个或者那个。施姆莱克离开时，把汤勺和小刀留给了我。瓦尔特和我彼此都躲避着对方的眼神，我们久久地缄默不语。然后瓦尔特问我，怎么能把分到的面包保存得如此之久，并且对我解释说，他通常是把面包竖着切成长片，这样更容易在上面抹上人造黄油。

瓦尔特给我解释了很多东西：Schonungsblock 就是休养室，在这里都是轻病人，抑或是恢复期的病人，或者是无需治疗的患者。这些人当中至少有五十来个轻重不等的痢疾患者。

这些人每隔三天接受检查。他们沿着走廊排好队，走廊尽头放有两个白铁皮小盆，还有一个护士，带着登记簿、计时表和铅笔。一次两个病人报到，他们得当场或马上表明他们还在拉肚子，为此目的，就只给他们一分钟整的时间。此后他们把结果呈递给护士，由他观察并判断结果。他们在一个专用的桶内迅速地清洗小盆，后面的两个人就继续拿着这两只小盆进来。

在等待检查的那些人中间，有些人扭曲着身子竭力憋住大便，那可是腹泻的宝贵证据，还有二十分钟，还有十分钟。另外有些人，当时没有便意，就使劲收紧筋脉和肌肉，设法使自己有便意。护士冷漠地看着他们，轻轻地咬着铅笔，看一眼表，又看一眼陆续端到他跟前的样本。在有疑虑的情况下，就端着小盆走了，去把样品送给医生看。

……突然有人造访我：他叫彼耶罗·索尼诺，是罗马人。"你看见我是怎么骗过他的吗？"彼耶罗的肠炎相当轻，在这里已经二十天了，而且他待在这里感到不错，得到了休息，人也胖了。他对筛选毫不在乎，决定无论如何要在医务室一直待到冬天结束。他的办法就是排队时站在真正患痢疾的病人后面，这样做保证就能成功；当轮到该检查他时，他就求患痢疾的病人跟他合作（答应用菜汤和面包酬答人家），而如果那人愿意，他们就会趁护士一时不注意在拥挤的人群中交换便盆，事情就成功了。彼耶罗知道他所冒的风险，不过至今他一直得心应手。

*

然而医务室的生活并非是这样的。并不是淘汰时刻的残酷，并不是检查腹泻和虱子的滑稽可笑，也不是疾病。

医务室是排斥身体折磨的集中营。因此，谁如果还有良知的种子，他在那里会重拾良知；因此，在漫长又空虚的岁月里，除了谈论饥饿和干活，在那里还谈论别的，我们时常会思考他们打算要把我们变成什么样，他们剥夺了我们多少东西，这是一种什么生活。在待在医务室的相对平静的间歇里，我们懂得了我们的人格是脆弱的，这是比我们的生命更加危险的东西。古代圣贤最好应该提醒我们这威胁着我们的最大的危险，而不是告诫我们："你记住，你必然得死去。"如果从集中营内部可以向自由的人透露一个信息的话，那就是："别让别人在你们家里忍受我们在这里受到的痛苦。"

人们在干活时，得忍受痛苦劳累，没有时间去思考，很少回想起我们的家。但是这里的时间是属于我们的：我们走在各个床铺之间，互相拜访，我们不断地交谈，尽管这是被禁止的。在挤满痛苦的人类的棚屋里，充满了言语、回忆和另一种痛苦。"Heimweh"，德语是这样称呼这种痛苦的；这是一个美丽的词语，意思是"乡愁"。

我们知道自己从何处来：对外部世界的回忆充斥着我们的梦和不眠之夜，我们惊讶地发现我们什么都没有忘，唤起的每一种回忆都令人痛苦地清晰地出现在我们眼前。

然而，我们不知道我们往何处去。也许我们能够战胜疾病活下来，能够躲过淘汰，也许我们也能够抵御劳役之苦和饥渴的折磨——可是以后呢？在这里我们暂时远离了斥骂和殴打，我们可以回归自我，凝神沉思，然而事情很清楚，我们是回不去的了。我们乘坐封闭的车厢来到这里；我们眼看我们的女人和孩子们消失得无影无踪；业已沦为奴隶的我们，上百次地来回奔走在无言的劳役之中，在无声无息地死亡之前，心灵先被泯灭。我们再也回不去了。任何人不应该从这里出去，因为他会带着刻在肉体上的印记，把这里的丑闻传递给世界，告诉人们，在奥斯维辛，人得有多大的勇气才足以把人糟践成这样啊。

我们的长夜

在医务室待了二十天之后，我十分遗憾地被请出去了，因为我的伤口已经基本愈合。

出院手续很简单，不过包括了一个痛苦而又危险的重新安排的阶段。谁如果不具有特别的关照，从医务室出去后，就不会被送回原先的棚屋和劳动小队，而是按照我所不知道的标准被招募到任何一个棚屋去，被派去干任何一项工作。况且，还将净身出来：得领取"新的"衣服和鞋子（我是想说，不是原先我留在入口处的那些衣服和鞋子），在那里得手脚麻利地迅速试着穿戴，看是否适合自己，这可着实费劲，还得付出代价。从一开始就必须得重新给自己搞到勺子和刀子；最后，处境更为严重的是，得闯入一个陌生的环境里与从未见过面的怀有敌意的难友相处，与不了解其性格的头儿们打交道，因而得步步为营，处处设防。

人的求生能力是惊人的，即使从表面看来是身处绝境之中，人也会给自己挖出一个藏身之地，会分泌出一层外壳，为自己周围竖立一道护墙，这真值得人们深入研究。这牵涉到一种日积月累的可贵的适应能力，部分是被动的和下意识的，部分是主动的：在床铺上方插一颗钉子，用来夜间挂鞋子；与邻床的人有默契互不侵犯；得了解并接受每个劳动小队和每个棚屋的习惯和法则。经过这番努力，几个星期之后，就可以达到一定的平衡，有一定的把握对付意想不到的事情。

这样就在新的环境中给自己建立一个窝，迁移所造成的心理创伤就克服过去了。

不过，从医务室出去的人，赤条条的，而且身体多半总是没有充分得到恢复，感到自己被骤然抛到太空星际的黑暗和冰窟之中。裤子老往下掉，鞋子穿着脚疼，衬衣缺纽扣。想跟人交往，人家却背过身去。他似乎像一个新生婴儿那么软弱无力和脆弱，可到早晨还将排着队去干活。

当护士履行了各种规定的行政手续，把我交给了45号棚屋的寝室长照看时，我就是处在这样的境遇之中。不过，有一个念头令我我满怀喜悦：我真幸运，这是阿尔贝托所在的棚屋啊！

阿尔贝托是我最好的朋友。他仅仅二十二岁，小我两岁，不过，我们意大利人中没有人有像他那样的适应能力。阿尔贝托是昂首挺胸进入集中营的，他生活在集中营里既洁身自好又不受伤害。他比谁都先懂得，集中营这里的生活是战争，他不宽容自己，他没有把时间浪费在抱怨和同情自己和他人上，从第一天开始他就投入战斗。智慧和天赋支持着他：他思维正确，而且他经常并不通过思考，却也同样是正确的。他对一切都能敏捷领悟：他只懂一点儿法语，却能听懂德国人和波兰人说的话。他用意大利语和手势回答，能让他人明白，很快赢得大家的好感。他为自身的生存而斗争，却又是大家的朋友。谁得加以贿赂，谁得回避，可以赢得谁的同情，谁应该排斥，他都"一清二楚"。

但是他并没有变成奸诈之人（由于他有这种品德，至今我回忆起来，仍感到他是如此亲切，好像他还近在我身旁）。我总是看到，如今也仍然看到，他作为人的少有的坚强而又亲切的形象，暗地里对他使出的利器也会刀钝剑断。

不过，我没有获得跟他合睡一个床铺的机会，阿尔贝托也没有如其所愿，尽管他在 45 号棚屋里已经颇有名望了。很遗憾，因为有一个可以信赖的同铺，或者至少与他能够相互理解，这是一种难以估量的优势。另外，现在是冬天，长夜漫漫，自从我们不得不跟某人在同一条被子底下、在七十公分的宽度中分享汗臭、共知冷暖，要是对方是一位挚友，那是相当求之不得的。

*

冬天的夜晚漫长，允许我们有相当长的睡眠间歇时间。

屋里的骚动逐渐平息下去；晚饭分发结束已过去一个多小时了，还有几个人在执著地刮擦已经发亮的饭盒底部，在灯光底下仔细地把饭盒转了又转，专注地皱着眉头。工程师卡尔多斯在铺位之间转悠，给受伤的脚和化脓的茧子上药，这是他的绝招。疮口整天走一步就出血的缓慢的折磨，但凡能缓解，没有人不宁愿放弃一片面包的，卡尔多斯工程师就是用这种方式，体面地解决了自己的生存问题。

说唱者从后面的小门小心翼翼地旁顾四周进来了。他坐在瓦克斯曼的床位上，在他周围立刻围上了一小群人，安静专注地聆听着。他用意第绪语没完没了地老是唱同一首叙事诗，那是首四行押韵的诗，哀怨伤感，却又感人心肺（我记得是那样的，或许因为我当时是在那种环境中听到的缘故）。从我懂得的不多的词语中推断，那应该是一首由他自己编写的曲子，歌词一五一十地概述了他在集中营里的全部生活。有人很慷慨，用一小撮烟叶或一段棉线犒劳他；其他人都投入地聆听着，不过，没给他什么。

有人又突然吆喝起来，得履行一天最后的仪式："谁有磨破的鞋子？"立刻就有四五十个人吵着要求换鞋，他们疯了似的拼命地冲向白天值班室，深知按最好的估计，唯有前十个先抵达那里的人才能得以满足。

而后，是一片寂静。灯光第一次熄灭几秒钟，为了通知裁缝们放下宝贵至极的针线；然后远处的钟声响起，这时夜间的守卫上岗，所有的灯最后全都熄灭。我们只好脱去衣服躺下睡觉。

*

我不知道谁是我的邻床；我都不能肯定是不是还是同一个人，因为我从未看清过他的脸，除了在起床时慌乱之中看见他的背和脚，比他的脸看得更清楚些。他不在我的劳动小队工作，他只在夜间寂静时刻才回到床铺。他把自己裹在被子里，用瘦削的臀部把我顶到床铺一边去，将背对着我，很快就打起呼噜来。我的背顶着他的背，为自己赢得一块合理的草褥面积；我用腰逐渐顶着他的腰，然后我转身试着用膝盖顶，抓住他的脚踝骨，竭力把他稍稍往那边挪，以免让他的脚挨着我的脸；然而一切都是徒劳的，他比我重得多，睡得跟石头一样死沉死沉的。

于是我不得不半个身子躺在木床边沿上，一动不动地凑合着这样躺着。但是我是如此的疲惫困倦，以致不久也就进入梦乡了，我仿佛睡在铁轨上。

火车快要抵达，听得到机车的喘息声，其实那是我邻床的呼噜声。我还没有熟睡，还能发现机车的双重本性。确切地说，是今天把我们运到布纳工厂去卸货的那些车厢的机车：我辨认出它来了，因为就像它从我们身边驶过时那样，现在我也感受得到从它黑色机体的一侧发射出来的热气。它气喘吁吁的，越来越靠近了，总是快要开到我身上似的，可却总是到不了。我的睡眠很浅，像一层薄纱，只要我想就能捅破它。我会那样做的，我想捅破它，这样我就可以让自己脱离火车铁轨。我想这样做，我现在就醒了；可不是完全醒了，只是在下意识和意识之间稍稍上了一个台阶。我闭着眼睛，而且我不想睁开，为了不让倦意消逝，但是我能够察觉到响声。我肯定那远处的呼啸声确实是真的，但并不是来自梦见的机车，而是确确实实地回荡在耳际：那是轻便狭轨铁路那边的汽笛声，来自在夜间也在施工的工地。一声坚定的长音，然后是另一声较低的半音，然后又是第一个长音，然而短促地突然中断了。这汽笛声是至关重要的，从某种程度上来说是必不可少的：我们是如此经常地听见这种汽笛声，它与劳役和集中营的苦难紧密相连，以致成了它的象征，就像某些音乐和某些气味似的能直接勾起对其形象的回忆。

　　这里有我的妹妹，我的某些不确定的朋友，以及许多别的人。人人都在聆听我，而我讲述的就是这个：发出三种音符的汽笛声；硬板床；还有我总想推开他、而又害怕推醒他的邻床，因为他比我强壮。我也啰啰嗦嗦地讲到饥饿，讲到检查虱子，以及那个打了我鼻子，后因当时我淌着血又让我去洗脸的监工头。在我的家里，在亲朋好友中间，我有那么多东西要讲，这是一种强烈的难以表述的身心上的享受。但是我不能不发现，我的听众没有在听我说话，而且他们完全不感兴趣：他们胡乱地在说别的，仿佛我不存在似的。我妹妹看着我，站起身，一声不吭地走开了。

一种悲凉之痛这时在我心中油然而生，就像刚记事的儿时的某些痛苦似的：那是纯粹的痛苦，是尚未经历世俗磨练和外界陌生环境锤炼的童贞之痛，与那些惹得孩子哭泣的痛苦相类似；对于我来说，最好再次上升到肤浅意识中，但这回我决意睁开眼睛，为了向我自己证明自己的确是醒了。

我眼前的梦还历历在目，而我的人尽管醒了，心里却仍十分苦闷：于是我想到这并非是一个简单的梦，而自从我到了这里，我已经不止一次，而是多次做过这样的梦，只是环境和细节略略有所不同而已。现在我的头脑再清醒不过了，我记得自己还给阿尔贝托讲过这个梦，并且记得他跟我推心置腹地说这也是他的梦，是许多其他人的梦，兴许也是所有人的梦。这着实令我惊诧。怎么会这样呢？为什么日常的痛苦会如此永恒地演绎在我们的梦里，会出现在反复讲述而无人聆听的场面之中呢？

……当我这样沉思时，极力利用清醒的间歇，拂去之前半睡中我身上产生的几缕焦虑，以免破坏接下来的睡眠的质量。我蜷缩着身子坐在黑暗中，环顾四周，竖起耳朵聆听。

听到的是熟睡的人的呼吸和打呼噜声，有人在呻吟，有人在说话。很多人砸吧着嘴唇，磨着牙床。他们梦见自己在吃东西：这也是一种集体的梦，一种残忍的梦。谁创造了坦塔罗斯①的神话故事，一定会明白。仅仅看不见食物，但手

_____

①　坦塔罗斯（Tantalus），希腊神话中的宙斯之子。因受到诸神的宠爱，受邀参加神的盛宴。后因他用自己亲生儿子帕罗普斯的肉宴请诸神，而被惩罚到地狱。让他站到没颈的水中，却遭受焦渴之苦，每当他想喝口水，水就退去；也遭受饥饿之苦，他头上长满果实的树枝，他刚伸手去摘，带果实的树枝就离开了。

中却明明拽着吃的东西，能察觉到浓郁的香味；有人走近前去，甚至用嘴唇去碰触食物，然后每次都会被不同的状况打断，使得行为无法完成。于是梦就破碎了，分化成各种元素，但而后很快又重新组合起来，重新以类似的变化了的梦出现：就这样，那些梦在每天晚上，在整个睡眠过程中，在我们每个人身上无休止地重复着。

*

应该已经过了夜里十一点钟，因为来来回回到挨着夜里值岗卫兵的便桶方向去的人络绎不绝。那是一种猥琐的折磨，一种难以抹去的耻辱；每隔两三个小时我们就得起来，以排泄掉每天我们不得不摄入的大剂量的水分，就是那一大碗为了充饥解渴而喝下去的菜汤：就是那大量的水分到晚上导致我们的踝骨和眼眶浮肿，致使人人都有雷同的畸形怪状，消除那水肿就得强制肾脏超强度工作。

这不光是在便桶面前列队的事情：最后一个撒满便桶的人得去公共厕所把它倒空，这是规定；若不穿夜里的装束（衬衫和短裤衩）并且把自己的号牌亮给守卫看，夜间就不得从棚屋出来，这也是规定。可以料想，这样一来，夜间值岗的卫兵就会竭力让囚犯中算是他朋友、同乡的人和特殊人员免去这种差使；再加上先来集中营的人的感觉竟然如此灵敏，尽管他们躺在床铺上，可单是凭借尿撒在便桶壁上的声音，他们就能奇迹般地分辨出便桶里盛的尿是否已经快要溢出来了，因此，他们几乎总是能逃避倒便桶的差使。于是，每一个棚屋里轮到倒便桶差使的人数总是相当有限，而要倒掉的尿的总量至少有两百升，因而便桶得倒上二十来次。

总而言之，我们这些没有经验和特权的人，每天夜里不得不去便桶撒尿时，都要冒相当大的风险。夜里值岗的守卫会突然从角落里跳出来，逮住我们，胡乱写下我们的号码，把一双木底鞋和便桶交给我们，把我们撵到外面的雪地里，我们睡眼惺忪地冻得全身发抖。我们得拖着双脚走到公厕，还带着热气的便桶会令人恶心地碰触到我们赤裸的手指肚；便桶已满得快超出合理的极限，一晃动难免会溢出来洒在脚上，因此，尽管干这种差使是那么令人厌恶，不过，与其让邻床的难友去干，我们还是情愿自己去干。

*

　　我们的长夜就是这样熬过去的。神话故事中坦塔罗斯的梦与这故事中的梦交织成一连串相当模糊的形象：白天忍饥挨饿，受冻挨打，饱受劳累、惧怕和混居杂处的痛苦，到夜晚转化为充斥着骇人暴力的紊乱噩梦，那在自由人的生活中是只有在发高烧时才会做的噩梦。只要听到有人怒气冲冲地喊叫，用一种无法听懂的语言下达一条命令，就会让人随时惊醒，吓得全身冰凉，四肢惊怵。便桶前的队列，赤裸的脚跟踩在木头地板上的响声，演变成了另一种象征性的列队：那是我们，全身清一色的灰色，像蚂蚁那么小，又像能摘到星星那么高大，密密麻麻地一个挨着另一个，不计其数地麇集在整个原野上一直延伸到地平线；有时候融化成一种单一的实体，一种令人苦恼的混合物，在其中我们感觉被粘住了似的憋闷得透不过气来；有时候在兜着圈子行走，没头没尾的，走得头晕目眩的，一股恶心从心口涌到喉部；直到饥寒交迫，抑或是膀胱的饱胀把这些噩梦带入习以为常的情景之中。当噩梦或窘困弄醒我们时，我们徒然地想一一理清其元素，把它们分别驱赶出目前的注意力范围，免得睡眠受到它们的干扰：一旦眼睛重新合上，我们再次察觉到我们的头脑不由自主地又开始运转了；时而敲击着，时而萦绕着，无法停歇，产生出幻影和可怕的印记，并且不停地在梦境里把它们描绘出来，在灰色的雾霭中晃动着。

可是经过整宿的困倦、不眠、交替的噩梦，随时期待又惧怕起床时刻的到来：尽管没有钟表，我们运用很多人所熟知的神秘能力，能十分近似地预测到敲起床钟的时刻。起床的时辰随着季节的不同而有所变化，但总是在黎明之前。这时，操场的钟声久久地回响着，于是每个棚屋夜间的值岗卫兵下岗了：他打开灯，站起来，伸伸懒腰，发出每天的指令："Aufstehen（起床）"，或者经常用波兰语说："Wastawac（起床）"。

很少有人在等下起床令时还睡着：那是十分难受的时刻，因为睡得很沉的人在接近起床的时刻是难以消除睡意的。夜里值班的卫兵知道这个道理，因此他宣布起床时不用命令的语气，而是用平和而又低沉的声音，仿佛他知道所有的人都竖起耳朵听着，他们会听到命令，而且会服从。

这句外国话就像石头一样落在大家心灵深处。"起床"：暖和的被窝虚幻的屏障，睡眠脆弱的盔甲，抑或折磨人的夜间的外出方便，都支离破碎地纷纷落在我们的周围，而我们发现自己无奈地重又醒来了，令人难以忍受地赤身裸体，脆弱地任人凌辱。日复一日，这一天又开始了：顺着这样的预兆，使我们不能理性地想象出它的结局，天天那样冷，天天那样饿，那样劳累，迫使我们想摆脱这样的日子，为此，最好集中注意力把愿望集中在一小块黑面包上，它很小，但一个小时以后它就是我们的，就五分钟，直到我们把它吞食下去，它将构成这个地方的法律允许我们拥有的全部。

随着一声"起床"，重又出现一片混乱。无需过渡，全屋子里的人立刻都进入疯狂的行动：每个人都爬上爬下地整理床铺，同时迅速地穿上衣服，以免落下自己任何没保管好的东西；空气中充满尘埃，甚至变得浑浊了；动作最敏捷的人用胳膊肘推开人群开路，想赶在排长队之前抵达洗漱间和公厕。清洁工人立即入场了，他们边搡人边吼叫着把大家都搡到外面去。

我整理好床铺穿好衣服后，下到地上，穿上鞋子。这时我脚上的伤口又裂开了，新的一天又开始了。

劳　动

　　在雷斯尼克之前，跟我拼床铺睡的是一个波兰人，大家都不知道他的名字。他生性温和，沉默寡言，胫骨上有两处伤口，夜里总散发出烂疮疤的腐臭味；他膀胱功能也弱，因此夜里他自己得醒来八九次，也得吵醒我八九次。

　　一天晚上他把手套交给了我，进了医务室。我一度希望司务长忘了我的铺位只有我一个人占着，但是不过半个小时，当熄灯的铃声响时，床铺颤动了一下，一个长长的有着红发的身影爬上来挨着我，他戴着的是属于来自德朗西的法国人的编码。

　　与一个高个子的人同睡一张床铺是一种灾难，也就是说得少睡好几个小时；可轮到与我同铺的总是高个子，因为我是小个子，两个高个子一起是无法睡一张床铺的。不过，尽管如此，雷斯尼克并不是一个坏伙伴。他寡言少语，且挺有礼貌，他很干净，不打呼噜，晚上只起来两三次，而且总是轻手轻脚的。早晨他主动整理床铺，这是一种复杂而又艰难的工作，另外还得承担重大的责任，因为那些不好好整理床铺的人，"表现不好"就得受到严厉惩罚，而他却做得又快又好，以致后来在点名的操场上见到他加入了我所在劳动小队时，我感到某种瞬间的喜悦。

　　当我们踏着冰凉的雪地，穿着肥大的木头鞋朝工作地点晃晃悠悠地走去时，我们交头接耳了几句，而且我知道了雷斯尼克是个波兰人，他在巴黎生活了二十年，但他的法语说得很难懂。他三十岁，不过，你会以为他是十七到五十岁，我们大家都可以那样地被人以为。他给我讲了他的故事，如今我已经忘了，不过，那肯定是一个痛苦、残酷又动人的故事；因为我们的故事都是那样的，成千上万个故事，全都不一样，却全都充满一种惊人的可悲的必然性。夜间我们相互讲述着自己的故事，故事发生在挪威、意大利、阿尔及利亚、乌克兰，而且都像《圣经》故事似的很简单而又令人费解。可它们难道不也是一部新的《圣经》吗？

*

当我们抵达工地时，他们把我们带到堆放铁管的场地，那是卸铁管的一大片空地，而后，就开始每天的惯例劳动。监工头又点了一次名，稍稍注意到新来的人，还与工人师傅谈妥今天要干的活。然后他把我们托付给工长就走掉了，他是去工具棚屋里挨着炉子睡觉了；这是一个不找人麻烦的头头，因为他不是犹太人，他不怕丢掉工作。工长把铁杆分发给我们，并把千斤顶分给他的朋友们。为了赢得分量轻一点的杠杆常常发生小小的争夺，今天我不顺利，我拿到的杠杆是歪的，估摸得有十五公斤重；我知道，即使我提着杠杆不抬东西，半个小时之后，我也会活活累死的。

然后我们每个人拿着自己的铁杆，在化冻的雪地上一瘸一拐地行走着。每走一步，雪和淤泥都会粘到我们的木头鞋底上，到后来我们两脚就踩在两团不成形、又甩不掉的沉重的泥雪团上，踉踉跄跄地行走着。突然，一团泥雪脱落，于是一条腿像是比另一条短了一拃似的。

今天得从火车上卸下一架巨大的生铁汽缸；我想那是一根合成的管柱，有好几吨重。对我们来说这样更好，因为众所周知，卸大件的货物比卸小件的省力：干活分摊给更多的人，而且允许我们使用合适的工具卸货；不过，我们也有风险，始终不能有半点分心，只要有一刹那的疏忽，就会被压翻在底下的。

诺加拉师傅亲自监督卸货的操作，他是波兰的监工头，做事严肃，少言寡语。现在汽缸卧放在地上，诺加拉师傅说："垫上木板拖着。"

我们的心给掏空了似的。这句话的意思是："抬枕木"，要在松软的泥浆里铺出一条路，用杠杆把汽缸抬进工厂去。可是枕木嵌入在土里，每根重达八十公斤；几乎到了我们力气的极限。我们当中最壮实的人两个人抬一根枕木，方可坚持几个小时；而对于我来说，那就是上刑，负荷压弯了我的肩胛骨，抬了第一趟以后，因为过度使劲，我累得耳朵聋了，两眼几乎都快瞎了，我得使出各种花招，不去抬第二次。

我想试着跟雷斯尼克搭伴，他看上去是个干活的好手，另外，因为他个子高，将承受大部分的重量。我知道按照惯例，他会鄙夷地拒绝我，跟另一个体格壮实的人搭伴；那样的话，我就提出想上厕所，尽可能在厕所里多待些时间，然后设法躲藏起来，可那样做肯定会立刻被人寻获，遭人嗤笑，而且得挨揍；不过，一切都比干这个重活要好些。

可事情并非如此，雷斯尼克接受了，不仅如此，还独自一人扛起枕木，小心地把它放在我的右肩上；然后抬起枕木的另一端，把它夹在左肩下面，我们就起步走了。

上面积着雪和淤泥的枕木，每走一步都会打到我的耳朵，雪滑落进我的脖子里。走了五十来步之后，我到了人们习惯称之为正常承受范围的极限：膝盖直不起来，右肩疼得像被钳子夹住那样，身子难以保持平衡。每走一步，鞋子像被贪婪的泥浆吸住了，这种波兰的泥浆无处不在，对它的恐惧心理充斥着我们每一天的生活。

我狠狠地咬住嘴唇；我们都清楚，一种小小的外部的疼痛，能够刺激我们调动出极大的储备能量。监工头也知道这一点：有些人纯粹是出于兽性和残暴殴打我们，另外一些人在我们抬着沉重的货物时，几近友好地鞭笞我们，伴随着鞭笞却是劝告和鼓励，就如同赶车人鞭笞驯良的马匹似的。

走到汽缸那里，我们就把枕木放倒在地，我直挺挺地站在那里，两眼茫然，张大着嘴，耷拉着双臂，疼痛一刹那的中止令我沉浸在瞬间的兴奋状态中。在极度的劳累过后，我等着有人推我一把，迫使我再去干活，我竭力利用等待时的每一秒钟以能恢复些许体力。

不过，没有人推我。雷斯尼克碰一下我的胳膊肘，我们尽可能慢地回到枕木堆那里。其他人成双成对地在那里转悠，慢吞吞地迟迟不去抬枕木。

"来啊，小个子，干起来。"这一次的枕木比较干燥，稍稍轻一些，不过，抬完第二趟之后，我去见工长，要求上厕所。

幸亏我们的厕所离得比较远，这对我们有利，这样一来在规定范围之内，每天有一次可以允许我们较长时间不在工地干活。另外，因为禁止单独上厕所，所以编队中最弱小、干活最笨拙的瓦舍曼就担任 Scheissbegleiter（陪同上厕所）的职务；由于这个任命，瓦舍曼就要对我们假设（可笑的假设！）可能出现的逃跑意图负责任，而更现实一点的话，是要对我们的每次迟到负责任。

因为我的请求被接受了，我就由小个子瓦舍曼陪同，走在一片废金属堆中，踩着淤泥和灰色的雪地上厕所去。我跟他无法沟通，因为我们没有共通的语言；不过，他的同伴们对我说过，他是犹太法学博士，也是个 Melamed（教师），是研究《旧约全书》的一位学者，另外，在他家乡加利西亚，他是出了名的巫医和魔术师。我并不怀疑这一点，想想他是这么瘦小、脆弱、温和的一个人，两年来在这里干活能够不生病不死亡，反而其目光和语言中透射出一种惊人的生命力，与现代派的犹太法学博士门狄在漫漫长夜里讨论犹太教法典的问题，用的是令人难以听懂的意第绪语和犹太语。

厕所是一方宁静的乐园。那是一个临时搭建的厕所，因为德国人还没有弄到惯用的木头隔板，把不同的空间分隔开："Nur für Engländer（英国人专用）"，"Nur für Polen（波兰人专用）"，"Nur für Ukrainische Franuen（乌克兰妇女专用）"等等，稍稍靠边处，就是 "Nur für Häftlinge（囚犯专用）"。厕所里面，只见有四个饥肠辘辘的囚犯肩靠肩挨着蹲着：一个留有长胡子的俄国老工人，左胳膊上系着写有 OST 的蓝色袖章；一个波兰小伙子，腰背上写着一个白色的大大的 P 字；一个英国战俘，粉红色的脸上刮得光光的，穿着熨烫过的干净光洁的黄褐色的军装，背上有一个很大的标记 KB（战俘）。第五个囚犯站在门口，对每一个进厕所解腰带的人都耐心地发问："Êtes-Vous français ？"（您是法国人吗）

等我回去干活时，看到送饭的餐车开过去了，就是说到十点了。这是值得重视的时辰，已经可以依稀指望遥远的中午间歇了，而我们则可以从期待中摄取能量了。

我跟雷斯尼克又抬了两三趟，竭力仔细地找较轻的枕木抬，哪怕走到较远的堆放枕木的地方，不过如今最好的枕木都已经被抬走了，留下的就只是最令人寒心的枕木，尖尖的棱角，沾着厚重的淤泥和冰雪，上面钉着用来铺到铁轨上的金属板。

当弗朗茨来叫瓦舍曼跟他一起去领午餐时，意味着已是十一点，上午几乎过去了，谁也不去想下午的事儿。然后到十一点半了，领饭的苦役们回来了，老一套定格的问话，今天有多少菜汤，质地如何，我们轮到的是菜汤桶的表面还是菜汤桶底部；我竭力不提这些问题，但我情不自禁地伸着耳朵贪婪地倾听回答，用鼻子闻着从厨房里随风飘来的气味。

终于，中午的汽笛鸣响了，如同天上的一颗流星，如同神的征兆，那么超凡又那么平凡，驱散了我们的疲惫和我们共同的莫名的饥饿。一切都如寻常：大家都往棚屋跑，我们拿着饭盒排好队，等着用热汤果腹。大家都像饥不择食的野兽似的，不过谁也不想排在第一个，因为第一个人轮到的总是稀菜汤。跟平时一样，头头儿讥讽我们，斥骂我们贪食，并小心避免不会搅动军用大锅，因为众所周知，锅底的菜汤是归他的。随后我们就带着暖和的肠胃，待在棚屋里围着噼啪作响的温馨的炉子放松地享受（这是发自内心的良好的感受）。吸烟的人用贪婪和虔诚的手势给自己卷着一支薄烟，众人被淤泥和雪泡湿了的衣服，随着炉子喷出的热气冒着烟，发出一股狗圈和羊群的味道。

谁也不说话，这是一种默契：一分钟内大家都睡了。双臂交错抱着胳膊肘，突然向前倒下，而后又挺直腰背恢复过来。从刚刚闭上的眼皮后面，梦忽然涌现，还是些我们经常会做的梦。梦见在我们自己家里，待在一间温暖舒适的浴室里。梦见在我们自己家里，坐在餐桌旁。梦见在家里讲述我们这无望的劳动，讲述我们总是挨饿，我们如何像奴隶般睡觉。

　　然后，体内混浊的消化气体，凝结成一个痛苦的核心，它刺痛着我们，疼痛急剧增长，直到超越了意识，它剥夺了我们睡觉的乐趣。"马上就有人来叫醒我们了。"将近一点了。就像一种快速吞没一切的痛疽，扼杀我们的睡意，令我们压抑难受，预感到忧虑。我们侧耳细听外面疾风的呼啸声，以及雪花打在玻璃窗上发出的轻微飒飒声，"马上就有人来叫醒我们了"。正当每个人困倦得不行正要进入睡梦时，所有的感觉神经都紧张起来，等待即将来临的恐怖的信号，它就在门外，它就在这里……

　　信号来了。玻璃上一声巨响，诺加拉师傅朝小窗扔一团雪球，这时他僵直地站在外面，手里拿着表，表盘对着我们。监工头儿站立起来，伸了伸懒腰，低声发话道，好像不怀疑有人会不听命于他："统统给我出去。"

　　啊，真想能大哭一场！要是能像以往那样旗鼓相当地迎战疾风就好了，而不是像在这里，我们跟没有灵魂的虫子似的！

　　我们来到外面，每个人重新拿起杠杆。雷斯尼克把脑袋缩在双肩中，把便帽压在耳朵上，抬头仰望低沉灰色的天空，无情的雪花在空中纷飞。他不禁感叹道："倘若我养有一只狗，我是不会把它撵出去的。"

快乐的一天

　　深信生活得有一个目的，这种信念植根于人的每一根神经纤维中，这是人的本质属性。自由的人赋予这种目的很多名称，有关人生目的之实质含义有过很多思索和争议；可对于我们来说这个问题却比较简单。

　　今天，我们在这里的目的是能活到春天。至于别的，现在我们顾不上。除了这个目的，现在我们没有别的目的。早晨，当我们排着队在点名的操场上，无休止地等待出发去干活的时刻，一阵阵刺骨的寒风透过衣服，不敌寒冷的身躯给吹得直哆嗦，四周一片灰蒙蒙的，我们也是蓬头垢面的。清晨，天还没亮，大家都观察东边的天空，想窥察季节转暖的最初征兆，对每天的日出都加以评论：今天比昨天天亮得早些；今天比昨天稍稍暖和些，再过一两个月就不会寒冷了，我们就会少一个劲敌。

　　今天，太阳头一次这么鲜活和清晰地从泥泞的地平线上升起。那是波兰的一种惨淡的阳光，在远处泛着白光，仅仅能温暖人的表面皮肤。不过，当晨曦冲破最后的雾霭，把无色的热量喷洒在我们这群人之中，而透过衣衫我也感到阳光的温暖时，我懂得了人们应该怎么仰慕阳光。

　　"Das Schlimmste ist vorüber"，齐格勒朝着太阳伸展他那瘦削的双肩，说道：最困难的时期过去了。一队希腊人紧挨着我们，这些值得人钦佩而又可怕的萨洛尼克犹太人，他们顽强、好偷、睿智、凶悍，而又团结一致，他们那么执意要活下去，他们为生存而战，是不认输的对手。那些希腊人多数在厨房和工地干活，甚至连德国人也得敬他们三分，波兰人都怕他们。他们在集中营已是第三个年头了，没有人比他们更清楚什么是集中营。现在他们肩并肩地围成一个圈儿，没完没了地唱着他们的一支小曲。

菲力乔是希腊人，他认识我。"明年可以回家喽！"他朝我喊道，还补充说："……乘火车回家！"菲力乔在比克瑙集中营里待过。他们继续唱着歌，用脚打着拍子，陶醉在歌曲中。

当我们终于走出营地的大门时，太阳已经高高升起，天空晴朗。中午见得到远处的山脉。西边是奥斯维辛的钟楼，熟悉而又不相称（这里居然有一座钟楼），四周围都是受控制的防空拦截气球。布纳工厂的烟尘凝滞在凛冽的寒风中，还看得见一排覆盖着绿色森林的低矮的丘陵。这使我们的心揪了起来，因为我们大家都知道，那边就是比克瑙。我们的女人就是消失在那里的，而我们很快也会消失在那里。不过，我们没有看它的习惯。

我们头一次发现，在马路两侧，这里的草坪甚至也是绿的：因为如果没有阳光，一片草坪是显现不出绿色来的。

布纳工厂并非如此：布纳本质上绝对是昏暗的，灰色的。这是无尽的钢铁、水泥、泥浆、烟尘混杂在一起的地方，是对美的亵渎。它的街道和建筑物跟我们这些人似的，都是都用数字、字母来称呼，抑或用野蛮又恐怖的名字来命名。它的围墙里面寸草不长，土地浸透了煤炭和石油的有毒液体，那里不是机器就是奴隶，没有任何鲜活的生灵，而机器比奴隶更多。

布纳工厂跟一座城市那么大，除了德国的管理人员和技术员外，有四万名外国人在那里干活，他们用十五至二十种不同的语言说话。所有的外国人都住在布纳工厂四周不同的集中营：英国战俘营、乌克兰女子集中营、法国志愿者集中营，以及我们不知道的别的一些集中营。我们的集中营（犹太集中营）独自提供来自欧洲的各个国家的一万名劳力。而我们是奴隶中的奴隶，人人都可以对我们指手画脚，我们的名字就是文在胳膊上和缝在胸前的号码。

碳化反应塔高高地竖立在布纳工厂中间，是我们建造的，塔尖在雾霭中很少见到，用来砌成塔的砖头被大家用各种不同的语言来称呼：Ziegel，briques，tegula，cegli，kamenny，bricks，teglak。然而，是仇恨把它们砌合而成；有仇恨和倾轧，就像巴别塔[①]似的。就这样，我们就叫它巴别塔，巴别塔（Babelturm，Babelturm），我们把对我们主人们癫狂地追求其宏伟的梦想的痛恨，都倾注其中，我痛恨他们那样蔑视上帝，蔑视人类，蔑视我们这样的人。

如今，还如同在古老的寓言里一样，我们大家都这样感觉到，连德国人自己也感觉到，一种不幸的灾祸——并非是非凡的、神圣的，而是内在固有的、历史的灾祸——降临到整个霸气十足的建筑群头上。它建立在语言的混乱之上，它跟天空挑战，高耸云霄，如同亵渎神灵的一句石头的咒语。

———

[①] 巴别塔，《圣经》中所述的示拿人所要建的通天高塔，后被上帝所阻，搅乱他们相互交流的语言，从而因语言不通而中断了造塔的工程，把他们驱散到世界各地。

正像我们后来所说的，德国人围着布纳工厂花了四年的工夫，在那里我们忍受了种种痛苦，无数的人死去了，可是布纳工厂从来没有生产出一公斤合成橡胶。

然而，眼下永恒的污水坑上面漂浮着一层石油，反射出晴朗的天空。仍被夜晚的霜冻覆盖着的冰冷的管子、屋梁、锅炉，正滴着露水。挖掘过的土地，成堆的煤块，大块的水泥，在薄雾中散发出冬日里的潮湿味。

今天是美好的一天。我们环顾四周，如同重新获得视力的盲人似的，我们相互对视。我们从未在阳光底下相互看见过对方：有人微笑了。如果肚子不饿就好了！

因为那是人的天性，同时忍受过的艰难和痛苦不会在我们的感觉之中重合，却是隐藏在其中，按照一种透视法的原理确定小的苦难和痛苦隐藏在大苦痛后面。这是天意，它让我们可以在集中营里能活下去。也因为这个理由，在自由的生活里，人们经常听别人说，人是不满足的，即人是没有能力获得绝对的幸福状态的，这就是对复杂的不幸状态的一种欠缺的认知。人的不幸的原因是多种多样的，从等级上是排列好的，因此其原因只有一个名目，就是最重要的原因构成的名义。直到这个名义可能不复存在了，于是当人们看见其后面另有一种原因时，就会痛苦地感到惊诧；而事实上，造成人类的不幸有其他一系列原因。

因而，整个冬天里，作为我们唯一的劲敌的严寒刚刚终止，我们就感觉到饥饿了。于是我们今天重复着同样的错误，就说："如果肚子不饿就好了！……"

然而人们怎么会不想到饿呢？集中营就意味着饥饿：我们本身就是饿鬼，活生生的饿鬼。

马路那边有一架挖土机在工作。悬挂在电缆上的抓斗张开着带齿的双颌，摆动的一刹那，像是犹豫不决无从选择，然后猛地冲向松软的泥地，狠狠咬了一口，同时操纵舱满意地喷出一种白色的浓烟。尔后挖土机升起来，在空中转了半圈，往后吐出抓来的沉重泥土，接着又重新开始。

我们拄着铁铲，着迷似地观望着。挖土机的抓斗每啃住一次土，我们就半张着嘴，喉结隐约在疲软的皮肤下一上一下地滑动着。我们情不自禁地总想看挖土机抓土的场面。

西吉有十七岁了，他比谁都饿，尽管每天晚上，他都能从他那兴许不那么冷漠的监护人那里得到一点菜汤喝。他开始谈到他在维也纳的家，谈到他母亲，不过，后来话题转到饭菜上了，现在他没完没了地讲述什么婚宴，深感遗憾又天真地回忆起当初没有吃完第三道豆角菜汤。众人让他别说了，然而，没过十分钟，贝拉又对我们描述起他在匈牙利的乡下长满玉米的田野，以及做甜玉米糕的配方，放上烤熟的高粱米，猪油佐料……他遭到大伙儿的咒骂和责难，而第三个人又讲述起来……

人的肉体是多么脆弱啊！我充分意识到，人在饥饿时的这些遐想是徒劳的，可是我不能逃脱共同的法则，眼前晃动着我们刚刚煮好的捞面，文达、露恰娜、弗朗克和我，那还是在意大利等待筛选的淘汰营里，我们当时正在吃捞面（是那么好吃，黄澄澄的，瓷实）。当突然传来消息说第二天我们得出发来这里时，大家都停下来不吃了，我们傻乎乎的，愣头愣脑的：要是我们早知道就好了！要是再发生一次那样的事……荒谬，如果世上有一件事情是肯定的话，那就是：对于我们，不会再发生下一次了！

新来的菲斯凯尔从衣兜里掏出一只包裹，用匈牙利人特有的仔细包装好的，里面有半份面包：今天早晨分发的面包的一半。众所周知，只有号数大的人才在口袋里藏着面包的，我们资历老的人谁也不能够把面包藏上一个小时。流传着各种理论用来解释我们这样的无能：一次吃掉一点的面包是不能被全部吸收的；为了储存面包需要高度神经紧张，饿着肚子又不动它，对身体是有害的，很伤身体；不新鲜的面包会很快失去营养价值，因此越早消化掉，就越有营养；阿尔贝托说，饥饿和口袋里的面包是反向相加，自动相互抵消，不能共存在同一个人体里；最后，更多的人正确地认为：人的胃部是防止盗窃和敲诈的最安全的保险柜。"我，从来没有人偷过我的面包。"戴维拍着干瘪的腹部咆哮道。不过，他的双眼无法从菲斯凯尔身上移开，后者正慢慢地有节奏地咀嚼着面包，他是到早上十点钟还有半份面包的"幸运者"……"好家伙，真有他的！"

*

但不仅仅是因为太阳，今天才是快乐的日子：中午有一件意外的事情等待着我们。除了上午正常的份饭，棚屋里有一只五十升的惊人的大锅，是工厂厨房里用的那种大锅，里面几乎盛满了菜汤。坦普勒兴奋地望着我们，这是他找到的"门道"。

坦普勒是我们这个劳动队里正式有门道的人：对民工喝的菜汤有一种绝佳的敏感，如同蜜蜂对于鲜花一样。我们的头儿，不是个坏头儿，放手让他去找门道也是有道理的：坦普勒是按照难以觉察的线索行事，像个密探，回来带着确切的消息说，两公里外的甲醇厂的波兰工人们剩下四十升菜汤，因为菜汤发臭；要么就是，工厂厨房外废弃的铁轨上停着一车厢的萝卜，无人看守。

今天有五十升，而我们是十五个人，包括监工头和工长，每人三升。除了正常的份饭外，中午我们将得到一升。而其他两升，下午我们将轮流去棚屋喝，我们将有五分钟额外的劳动间歇去喝饱肚子。

还能奢望更多的东西吗？心里想着那两升又热又稠的菜汤在棚屋里等着我们，干的活也显得轻松了。监工头定时地来到我们中间，而且叫着："谁还去填肚子吗？"

这么说可已经不是嗤笑和嘲弄了，因为实际上我们总那样站着吃东西，风风火火地烫着嘴巴和喉咙，没有时间吸口气的样子，真是在"填肚子"，像牲口进食，而不是人进餐时那样，一本正经地端坐在一张饭桌跟前"吃饭"。"填肚子"是我们中间通用的贴切的语汇。

诺加拉师傅协助我们，对我们怠工一事睁一只眼闭一只眼。诺加拉也显出挨饿的神情，要不是考虑到社会的习俗，兴许他不会拒绝喝上一升热菜汤的。

轮到坦普勒了，经大家一致赞同，他可以从锅里掏出五升菜汤底。这样的事情确实少见，因为坦普勒不仅是一个有"门道"的人，也是一个杰出的喝菜汤能手，看到有丰盛的饭菜，他心甘情愿地事先就腾空肠胃：这赋予他的胃一种惊人的容量。

他值得为自己所赠的礼物而感到自豪，大家都心中有数，也包括诺加拉师傅。伴随着大家对他的感恩之情，大恩人把自己关在厕所里略待了片刻，出来时容光焕发，满怀信心地在众人的慈爱的目光下，起身去享受他的劳动果实：

"坦普勒，该你去工棚里好好喝上一顿菜汤了吧？"

夕阳西下，工厂收工的汽笛拉响了。因为我们大家都喝足了，至少几个小时，没有发生争吵，我们觉得大家相互都很友爱，监工头没有打算殴打我们，而我们可以思念我们的母亲和我们的妻子，这在平时是很少有的事。不幸的我们可以连续几小时以自由人的方式生活。

这里的善与恶

当时我们有一种无法纠正的习性，就是把每一件发生的事件都看成是一个象征和预兆。七十天以来我们一直期待着Wäschetauschen，就是"更换需换洗的衣被"，而不断听到的传言却说没有替换的衣被了，是因为随着前线的推进，致使德国人无法派遣新的运输队进到奥斯维辛，"因此"就快要解放了。与此同时，相反的诠释却是，替换的衣被的迟迟不到位，肯定意味着即将对集中营施行全部清场。不过最后，替换的衣被到了，而且跟平时一样，集中营的指挥部予以悉心关照，同一时间内让所有的棚屋及时地进行了更换。

要知道，事实上集中营里缺少棉布头，因而很珍贵。我们想得到一块布擦鼻孔或做一块裹脚布，唯一的方式就是在替换衣被时，从旧衬衣上剪下一块布。如果衬衣的袖子长，就剪袖子，要不然就满足于从衣服下摆剪下一块长条，抑或是从无数的补丁上拆下一块。那么无论如何都必须在一定的时间内弄到针线，而且得用某些技巧加些工，使得在交出衣物时，破损的地方不会太明显。破烂肮脏的衣物零星地交到棚屋的缝纫部，在那里经过粗略的缝补之后，就被送去蒸汽消毒（不是去水洗！），而后再重新分发下来；为了让旧衣物免受上面提到的损毁，就必须以突击的方式进行更换。

然而，总跟平时一样，无可避免地，某些人机敏的目光会看透覆盖在消毒完后出来的卡车上的篷布，以至于集中营在几分钟之内就传遍马上就得"更换替换衣被"的消息，加上这一次是一些新衬衣，三天前由匈牙利人运来的。

消息立即引起了反响。所有用非法手段持有第二件衬衣的人，无论是偷来的还是走"门道"来的，哪怕是为了御寒或是在富裕的时刻"搞投资"用面包体面地买来的，都冲到"交易所"，希望能在新衬衣被运到、继而导致与之交换的物品价格无可挽回地贬值之前，或在新衣服到来的消息证实之前，能及时赶到那里，用他们备用的衬衣换得日常消费品。

"交易所"总是很活跃。虽然是明确禁止任何交换（应该说是任何形式的拥有），而且尽管监工头或是棚屋寝室长频繁地搜索和围捕，不时地驱赶商人、顾客和看热闹的人，驱使他们一哄而散，然而在集中营的东北角（也就是离党卫军住的棚屋最远的一个角落），经常是当外出干活的队伍刚一回来，就会聚集起一群喧闹的人。夏季在露天，冬季则在一个洗衣房里。

这里有几十个人在转悠，他们半张着嘴，两眼闪闪发光，是一些饿急了的人，一种本能的奢望驱使他们去那里，展示在那里的货物令他们越加感到饥肠辘辘，唾液的分泌更加强烈。最佳的情况下，怀里揣着一早开始就忍痛省下来的半份面包，指望出现某个不知当前行情的天真的人，可以和他做一次有利的以货易货的机会。他们当中的有些人没有经验，耐心地用半份面包换得一升菜汤，他们站在一边，就等着轮到他们闪在一旁，逐一把沉淀在锅底的不多的土豆片盛出来；

之后，就再用菜汤换面包，用面包又去换新的一升几近变味的菜汤，就这样一直折腾到神经几近崩溃，抑或直到某个受害者当场逮住他们，狠狠地教训他们一番，让他们受到众人讥笑为止。那些到"交易所"来兜售自己唯一的衬衫的人也属于这一类；他们很清楚，当监工头察觉到他们上衣下面都光着时，将会发生什么。头儿会问他们用衬衣干什么去了：这纯粹是毫无实际意义的问话，一种仅仅是为了进入话题的程式而已。他们会回答说衬衣在洗衣房被人偷了；这也是习惯的回答，而且并不求别人相信；事实上，连集中营里的石头也知道，谁没了衬衣，一百次里面有九十九次是因为饿急了卖掉的，再说，也知道人们都得对自己的衬衣负责任，因为它是属于集中营的。那么，队长会揍他们，会再给他们另发一件衬衣，而他们迟早又会故伎重演。

职业的商人们都驻留在"交易所"，每个人待在其寻常所站的角落里。这些人当中最早是希腊人，他们就像古埃及的狮身人面像似的一动不动地静静地蹲伏在地上，待在盛浓稠菜汤的饭盒后面，这乃是他们劳动的成果，他们协调策划的成果，也是他们民族团结的成果。希腊人已经减少了许多，不过他们为集中营的面貌和通用的国际俚语做出了一流的贡献。大家都知道"caravana"是军用饭盒，还有"la comedera es buena"就是"菜汤好喝"的意思；用来表达"盗窃"的一般概念的"klepsi-klepsi"，显然是源自希腊。这些来自犹太人聚居的萨洛尼克的少数存活下来的人，会说西班牙语和古希腊语两种语言，能从事多种经营，并具有一种实际的、世俗的、认知的智慧，一切地中海的文明传统都汇集在其中。这种智慧以偷盗行窃、袭击装载的货物和垄断以货易货的

"交易所"的系统和科学的实践，在集中营里得到诠释。人们不该因此忘却他们对无故的残暴行为的憎恶，不该忘却他们对存在一种起码是潜在的人的尊严之可贵的认知，这就使希腊人在集中营内成为最团结的民族核心，而且在这些层面上来看，是最文明的民族核心。

你可以在"交易所"找到在厨房行窃最专业的人，神秘的鼓出来的部位会把上衣顶得高高隆起。而菜汤的价格几乎是固定的（半份面包换一升菜汤），白萝卜、胡萝卜、土豆的报价则极其任意，除了其他别的因素之外，很大程度上也取决于值班的看守是否勤快，以及他们可能受贿的多少。

那里出售 Mahorca，那是一种劣等烟叶，呈木质的碎片状，在 Kantina（工人食堂）公开出售，五十克一小包，用布纳工厂里分发的优秀劳动者的"奖券"兑换。奖券的分发是不定期的，经过严格操控，明显地很不公平，为的是使最大部分的奖券直接地抑或通过滥用职权，最后都落在队长和亲信们的手里；但是布纳工厂发行的奖券可以当做货币在集中营的市场上通行，其价值则是严格地遵照传统的经济法则浮动变化的。

有不同的时期里，有时交付一份面包，顶一张奖券；然后必须交付一又四分之一份面包；到后来需要一又三分之一份面包，有一天报价高到一份半的面包，但后来供应给工人食堂的烟叶少了，于是保证金缺少了，货币就急转直下，降至四分之一份面包换一张奖券。另外有一个时期行情涨了，只有一个理由："女子宿舍"的守卫换了人，来了一小群健壮的波兰姑娘。确实是这样，因为有了奖券可以出入一次女子宿舍（对于罪犯们、政治犯们是有效的，而对于犹太人无效，虽然他们不因这种限制而痛苦），有兴趣的人积极迅速地囤积奖券，这就产生了升值，但是没能长期持续。

在普通的囚犯中间，为自己抽烟而寻求烟草的人不多；再说烟草是从营地出来，流入布纳工厂的平民苦力手中。这是一个相当普遍的"配合模式"：囚犯以某种方式省下一份面包，把它投资在烟叶上；小心翼翼地与一个"好这一口的"平民劳工进行接触，民工用支付现金的方式，以高于前述的面包份额获得烟叶。囚犯吃进赚头，把剩余的份额面包再循环投入经营。这种投机买卖建立了集中营内部经济和外界经济生活之间的联系：当克拉科夫的百姓偶然缺少烟叶的配给时，事态就会越过将我们与人世隔绝的铁丝网的屏障，而立刻在营地产生反响，引起烟叶的行情明显的上涨，于是奖券的行情也随之上涨了。

以上大致描绘的情况仅仅是最概要的，另一种更加复杂的是下面的情况。囚犯用烟叶或面包换得（有时平民甚至会赠送的）一件令人作呕的、破破烂烂的脏衬衣，那衬衣只要还有三个孔，好歹可以套进脑袋和胳膊就是。只要衬衣仅仅有磨损的痕迹，而不是被人刻意损毁过，这样的一件物品，在替换旧的换洗衣被时，就可以被算作是衬衣，给予更换的权利；在亮出衬衣时，没有小心保存好规定的衣物的人最多会按其情节轻重挨一顿揍。

因此，一件那样破破烂烂的衣服和一块打满补丁的破布的价值，在集中营的内部是没有什么大区别的；上面所说的囚犯不难找到一个拥有一件可以做交易的衬衣而不能加以利用的难友，不难找到出于工作的地点和语言的原因，或是因为生性无能而跟劳工没有联系的难友。后者会满足于得到少量的面包而接受交换；果然，后来的更换换洗衣服的手续，将会某种方式重新进行调整，以完全出于意料的方式区分换洗衣服的好或坏。不过，前面那个囚犯可以在布纳工厂倒卖好的衬衣，以四份、六份，甚至十份面包的价格把它卖给先前的民工（或卖给别的任何人）。如此高的赚头，反映了穿着两件衬衣从营地出去、或不穿衬衣回营地要冒的风险之高。

这个课题上的变数很多。有人不惜拔掉嘴里的金牙套到布纳工厂去出售，换回面包和烟叶；不过，这种交易通常是通过中间人来进行的。一个"大号码"的人，就是新来的人，初来乍到，然而已经饱受饥饿和极度紧张生活的折磨，被一个"小号码"的人注意到其镶有一口的金牙套；"小号码"的人就向"大号码"的人献出三四份面包让其用金牙套换。如果"大号码"的人接受了，"小号码"的人就交付面包，带着金子去布纳工厂倒卖，而且倘若与某个信得过的平民有交情，跟他交易不怕被告密或受骗，无疑地就可以赚得十份甚至二十份面包，分期逐步得到相当于每天一到两份的面包。就这方面，我们注意到与布纳工厂的情况相反的是，在营地内达成的最大的成交额是四份面包，因为这里实际上既不可能签署信贷契约，也不可能防止超大份量的面包不被别人窃取，以致因别人的贪婪而令自己挨饿。

跟平民的交易是劳改集中营的一个特别的元素，而且，如上所见，它决定了集中营的经济命脉。再说，这是集中营明文规定的一种犯罪行为，被视作与"政治"犯罪同样的犯罪，因此，会受到特别严肃的惩处。囚犯被证实"Handel mit Zivilisten"（同老百姓做交易），如果不具备有影响力的后台的支持，就会被送到格莱维茨3号、约阿尼钠，或者海德布雷克①的煤矿里去；这就意味着在几个星期之内就得活活累死。另外，作为其同伙，民工本人会被告发到有关的德国当局，被判到 Vernichtungslager（死亡集中营）度过一段跟我们处境相同的时期，据我所知，刑期从两个星期到八个月不等。对于被施行这类惩处的工人，跟对付我们一样得在入营时脱光衣服，不过他们的个人物品被保存在一个专门的储藏室里。他们不用刺字，也不用剃头，这使他们很容易被辨认出来，然而在整个受惩罚期间他们得从事跟我们一样的劳动，遵守我们一样的纪律，当然，排除了所谓淘汰的制度。

他们在特别的劳动编队里干活，跟普通的囚犯没有任何接触。对于他们来说，集中营是一种惩罚，而且如果不因为劳累和疾病而死去的话，他们很有可能回到人间。如果他们可以跟我们交往，这就在那道充满神秘氛围的墙上，为自由人凿开一个洞口。相反，对于我们来说，集中营不是一种惩罚，我们在那里是没有期限的，集中营只不过是强加给我们在日耳曼的社会结构内的一种无限期的存在方式。

我们营地的一个分部是指定给平民劳工们的劳改营，各民族的都有，因为与囚犯有不法的关系，他们得在那里居留相当长的时间赎他们的罪。那个分部与营地的其他部分之间用一道铁丝网隔开，被称为 E 营，被扣押在里面的人称作 E-囚犯。字母 E 是德语"教育"（Erziehung）的首字母。

至此描述的所有组合都是建立在倒卖属于集中营的物资之上的。这就是为什么，党卫军会如此严厉地取缔这些：我

---

① 格莱维茨（Gleiwitz）、约阿尼钠（Janina）和海德布雷克（Heidebreck）三者都是波兰的地名。

们镶牙的金套，是属于他们的财产，因为从死人和活人颔内摘取的一切，迟早都得落在他们手里。因此，他们自然得采取措施，不让金子从营地流出。

不过，对于内部的偷窃行为本身，营地的行政领导没有任何防范措施。党卫军对待逆向的走私活动的纵容态度，就足以表明这一点。

这些事情一般来说就比较简单。各种各样在布纳工厂接触到的工具、器械、材料、产品等等，我们平时就以干活为由把它们偷走或窝藏起来，晚上带入营地，找到客户，用面包和菜汤以货换货。这种交易频繁极了，尽管有些物品对于在集中营里的正常生活都是必须的，而从布纳工厂偷窃这些物品，却成了唯一正常的供应途径。最典型的是扫帚、油漆、电线、鞋油之类的物品。比如鞋油的交易就值得作为例子来加以说明。

正如我们在别处提到过的那样，按照营地规定，每天早晨鞋子都得抹上鞋油擦亮，每个寝室长都得对党卫军负责，让其棚屋的全体人员遵守规章制度。因此，可以设想，每个棚屋都能定期领到配给的鞋油，可事情并非如此，运行的程序完全是别样的。前提是每个棚屋晚上需要收到一份比平常配给的份量总额要高得多的菜汤，多出的份额由寝室长随意分配。首先，他可以馈赠给他的朋友和亲信；其次，就是犒劳清洁工、夜间的守卫、虱子检查员，以及来棚屋执行公务的所有别的人员；再有剩余的（而每个寝室长都总是设法剩下一些的）就用于支付要购买的物品。

其余的事情就容易明白了：那些在布纳干活的囚犯，遇上机会就在饭盒里装上鞋油或机油（抑或是别的：任何黑乎乎、油腻的物质都被看做是符合要求的），晚上到了营地，他们就经常在棚屋之间转悠，直到找到缺少那种物品或者想储存那种物品的寝室长。此外，每个棚屋还有其经常的供应者，跟他商定每天固定给以报酬，条件是每当储备的鞋油快要用尽时，他得及时供上。

每天晚上，一群供货商耐心地停留在 Tagesräume（"娱乐休息室"）大门旁：不管下雨或是下雪，他们都在那里站好几个小时，兴奋地低声谈论着有关价格的变化和奖券的价值浮动问题。有人不时地离开人群，去"交易所"转转，并把最新消息带回来。

除了那些已经提到的商品外，在布纳工厂能寻觅到的商品在棚屋里能用得上，或者是寝室长喜欢的，或者是执行公务的人员会感到兴趣和好奇的东西不计其数。小灯泡、刷子、普通肥皂和剃须皂、锉刀、钳子、袋子、钉子；可以出售甲醇，好用来做劣质饮料；可以出售汽油，好用来做粗糙的引信（火镰），这些东西可都是由集中营的手工艺者秘密创造的奇迹。

党卫军司令部和布纳工厂的行政当局之间的暗中对立，孳生出这种偷盗和反偷盗的复杂网系，其中，医务室发挥了头等的作用。医务室是阻力最小的地方，是最容易逃避规章制度和躲开队长监视的阀门。大家都知道，正是护士们自己，把死人以及被淘汰后赤裸着身体被送往比克瑙的人的衣物鞋子低价抛到市场上的；正是护士和医生们把配给的硫酰胺带往布纳，把它们卖给平民换食品。

护士们还从汤勺的交易中捞到了大量好处。集中营对新来的囚犯不发勺子，虽然半稀的菜汤不用勺子无法喝。勺子是囚犯们在布纳工厂干活在空余时间偷着制造的，他们作为专业工人在铁匠和白铁工编队里干活：那些勺子既粗糙又笨拙，是用锤子在铁板上锤出来的，手把常常磨得很尖，以便能同时当作切面包的小刀用。制作者本人直接把勺子卖给新来的人：一把简单的勺子值半份面包，一把可用作小刀的勺子值四分之三份面包。如今的规定是，可以带勺子进医务室，而出去时却不得带走。痊愈的人在释放时和更换衣服之前，勺子就被护士们搜走了，并由他们在"交易所"出售。除了痊愈者的勺子之外，还有死人和被淘汰后进毒气室的囚犯们留下的勺子，这样护士们每天可以从出售五十来把勺子中赚得收益。而一无所有的出院者重新回去干活，一开始就亏损了半份面包，因为得用它来买一把新勺子。

最终，医务室成了从布纳工厂偷出的赃物销赃的最主要的客户和窝主：指定分发给医务室的菜汤，估计每天足有二十升汤的预算，成了从技工们那里购得各种交易商品的偷盗基金了。有人偷盗医务室里用作灌肠器和探胃导管的细橡皮管子；有人提供彩色铅笔和墨水，以完成医务室后勤办公室复杂的会计结算；而囚犯的口袋里那些从布纳的仓库里带出来的温度计、玻璃器皿、化学试剂，都作为医疗物资用在医务室里了。

我不想犯骄傲的毛病，但我要补充说明的是，偷窃烘干车间里温度记录器的方格计算纸卷，把它们献给医务室的主任医生，建议他用来当测量脉搏—体温示图的表格用，是阿尔贝托和我的主意。

结论就是：遭到行政领导惩罚的在布纳工厂发生的盗窃行为，是受到党卫军的授权和鼓励的；而遭到党卫军严厉镇压的、在集中营里发生的偷窃现象，却被老百姓视为一种正常的交易活动；囚犯中间发生的偷盗现象通常会受惩，但是偷盗者和被盗者同样得到严厉的惩处。现在我想请读者思考一下，我们所说的"善"与"恶"、"对"与"错"在集中营里能够意味着什么呢？请每个人评判一下，按照我们所描述的情景，所举的例子，我们共同的道德规范在铁丝网的这一边有多少可以站得住脚。

被淹没和被拯救的

　　这就是我们谈到的和我们将要谈的集中营里的虽生犹死的生活。在我们当今的世界里，被压在底层的很多人都以这种艰苦的方式生活过，但每个人经历的时间相对较短。因此，人们也许会问，是否值得保留对这种特殊的人生遭遇的某些记忆，这样做是否合适。

　　对于这个问题，我们觉得回答应该是肯定的。我们深信，任何人的经历都是有意义的，都是值得分析的，而且我们深信，可以从我们所讲述的这个特殊的世界里探讨出人生的基本价值，尽管不总是正面的。我们很想让人们思考集中营究竟是怎么回事，而那显然也是一种巨大的生理和社会体验。

　　成千上万的人被囚禁在铁丝网内，他们的年龄、地位、出身、语言、文化、习俗都各不相同，被强制置于一个亘古不变的受控制的生活制度下，人人都一样，所有的物质都是匮乏的：比一个搞实验的人拟定的方式要严酷得多，他可能会依照面临生存竞争的动物——人的行为表现，测定什么是人先天的本性，什么是后天性的。

　　我们不相信想当然的轻易的推论：当一切文明的上层建筑被取消时，人从根本上来说是野蛮的、自私的、愚蠢的，因此就认为"囚犯"只不过是无所顾忌的人。我们反倒认为，就这个问题，唯一的结论是，当人类面临身体的生理需要和痛苦的折磨，许多习俗和社会本性都无所适从。

我们觉得这样的事实反倒值得引起注意：人类十分明显地存在着截然不同的两种类型：被拯救的和被淹没的。其他成对的类别（好人和坏人，聪明人和笨人，卑微者和勇敢者，不幸者和幸运者）之间的区别就不很清晰，似乎不太是先天性的，尤其允许有无数复杂的中间阶层。

在日常生活中，这种区分是很不明显的。在平时生活中一个人迷失自己的事情是不常发生的，因为通常人并不是孤立的存在，而且他的人生道路上的起伏是与其邻人的命运连接在一起的，为此，某人无限地飞黄腾达，而某人持续地下滑一再失败，直到最后毁灭，都属例外的现象。另外，每个人一般都拥有精神、体力，以及金钱上的储备，面对一桩灾祸或生活的极度困难的概率是较小的。再加上缓减灾祸和困难的一个明显的作用是由法律来履行的，而从道义上来看是内心的法则。实际上，一个越是被看作文明的国家，那些用来阻止弱者太弱、强者太强的法则越是更为健全和有效的。

可是在集中营里，情况大为不同：在这里为了生存下去的斗争是没有出路的，因为每个人都是绝对的、极度的孤独。倘若有一个努尔·阿克泽恩站不稳晃悠了，是找不到谁能向他伸出援手的；倒是有人会把他推倒在一边，因为没有人会在意每天是否会多一个"Muselmann"[①]步履艰辛地去上班；而如果某人以非同寻常的耐心和机灵，奇迹般地找到一种新的方式逃避最苦的活儿，或者找到一种新的诀窍让他赚得几克面包，他就会竭力保守秘密，而且会因此得到尊重和尊敬，

---

① 作者注：我不知道出于何种理由，早先来到集中营里的人用这个词来指那些弱者、无能的人和被淘汰的人。

还会因此捞到他个人独有的一种好处。他会变得更加强势，因而会令人生畏，而谁能令人生畏，事实上，立刻就是个能活下来的候选人。

在历史和生活中，有时候似乎会出现一种残忍的法则，就是"凡有的，还要加给他叫他多余，没有的，连他所有的都要夺过来"。[①] 在集中营里，人是孤独的，求生的斗争沦为人的原始的法则，公开实施不平等的法则，是被大家公认的。头头们本人也愿意跟适从者、强势者、机敏的人接触，有时候对他们几乎是友好的，因为指望以后也许能从中捞到某些好处。然而，跟"Muselmann"，跟属于该清除之列的人，觉得都不值得跟他们说话，因为大家早已经知道，他们会怨天尤人，会念叨他们在自己家吃的食物。跟他们交朋友就更不值得了，因为他们在营地里没有什么靠山，吃不到任何额外的份饭，不在能捞到好处的劳动小队干活，也不知道能办成事的任何秘诀。而最后，人们知道他们在这里是短期停留的，而且几个星期之后，他们会变成不远的田野里的一抔骨灰，只剩下名册上的一个编号而已。尽管他们不断地被不计其数的同类吞并、裹挟，他们忍受着痛苦，苦熬岁月，内心无比孤寂，而且他们会在孤寂中死去或消失，不会在任何人的记忆中留下痕迹。

这种残酷的自然淘汰造成的结果，可以在纳粹法西斯集中营的统计资料中读到。1944 年在奥斯维辛，一些早来的犹太人囚徒（这里，我们不说其他人，因为他们的情况不一样），号码小于 150000 的，只有几百个人存活下来。活下来的这些人中

---

① 引自和合本《圣经·新约·路加福音》19: 26。

没有一人是普通囚犯，在普通的劳动小队干活，满足于吃正常定量配给的份饭。活下来的只有医生、裁缝、鞋匠、音乐人、厨师、年轻有魅力的同性恋者，以及营地某个权威人士的朋友或同乡。此外就是特别残忍的人，凶狠又没人性的人，他们盘踞在队长、寝室长以及其他各种职位上（由于是由党卫军司令部授职，这种筛选方式显示出他们对人的如魔鬼般邪恶的认知能力）。最后就是那些尽管没有担任特别的职务，而凭借自身的狡猾和能量总是能办成事的人，除了获得物质上的优惠和声誉，他们也能赢得营地强势者的纵容和看重。谁不能变成一个能来事的，能出谋划策，会四处张罗（这些残忍的措词意味深长啊），不久就会沦落成一个"Muselmann"。第三条路存在于生活之中，生活中应当有准则，而在集中营里是没有准则的。

屈从是最简单的事情：只要执行所接到的一切指令，只吃配给的份饭，遵守劳动和集中营的纪律就足够了。经验表明，以这种方式只有很少的人能生存超过三个月。所有进毒气室的"Muselmann"都有同样的故事，确切地说，他们没有故事；他们沿着斜坡一直滑到底，自然地，如同小河流入大海。他们进入集中营后，因为他们生性无能，抑或因为不幸的灾祸，抑或因为任何一次平常的事故，在他们还没能够适应之前，就被压垮了。他们输在了时间上，他们尚未开始学德语，弄不清一大堆可怕的错综复杂的法规和禁令，一旦他们的体能衰竭，没有任何东西能帮他们摆脱被淘汰或因健康状况恶化而死亡的命运。他们的生命是短暂的，但是他们的号码是无法灭绝的。这就是他们，"Muselmann"，沉没的人，他们是营地的主力。他们是无名的普通群体，不断地被更新，又总是相同的非人的群体，他们默默地列队行走着，辛苦劳累着，他们身上神圣的生命火花熄灭了，他们的身体已经透支到无力真正忍受苦难了。很难称呼他们是活人，很难把他们的死称作是死。面对死亡他们并不害怕，因为他们累得都无法懂得死亡是什么了。

他们那种没有面孔的存在充斥在我的记忆之中，而如果我能把我们时代的一切痛苦和不幸都包含在一个形象之中，我就会选择这样的形象，它对于我来说是熟悉的：一个瘦骨嶙峋的男子，耷拉着脑袋，弓着双肩，从他的脸上和眼睛里看不到一丝思想的痕迹。

如若沉没者没有故事，唯一宽阔的路就是沉沦之路，而得救的路子却很多，艰辛而又令人意想不到。

正如我们提到过的，主要的路就是得"Prominenz"（出类拔萃）。营地的工作人员被称作"Prominenten"（特殊人员），从囚犯的头头儿到劳动队长们、伙夫们、护士们、夜间守卫们，直到打扫棚屋的清洁工们、公厕和浴室的管理员们都是特殊人员。这里更特别涉及犹太人中的特殊人员，因为其他人都是凭借他们的天然优势，自动地被授予各种职务，而犹太人要获得相应的任职，就得施行计谋并进行一番奋斗。

犹太人中的特殊人员构成了一种值得注意的可悲的人类现象。现时的、过去的、隔代遗传的痛苦，敌视异族的传统和教育，都集中体现在他们身上，把他们变成为性情孤僻和麻木不仁的魔鬼。

他们是德国集中营机制的典型产物：对一些沦为奴隶的个别人，赐予其一种特殊地位，一种相当舒适的条件让他得以存活下去的可能，而作为交换条件，要求其背叛与其难友们天然的团结，当然会有人接受的。那人就可以逃避普通的法规，成为不可侵犯的人，因此，给予他的权力越大，也就越令人憎恨和厌恶。当他去指挥一小队不幸的人，掌握他们的生死大权时，他就会又残忍又霸道，因为他明白，要是自己不够心狠手辣，另一个被视作更有能耐对付他们的人就会取代他的位置。另外，就会发生这样的事，当他的凶狠程度不能令压迫者的领导满意时，他就会毫无道理地把怨恨撒到被压迫者身上；而当他把从上司那里受到的委屈发泄在他属下身上之后，他就会觉得过瘾。

我们意识到，这一切和被压迫者平时所描绘的情景比较远，在一般的描述里他们会团结一致，即便不奋起抵抗，至少会患难与共。当压迫不超过一定的界线，或者，也许因为压迫者没有经验或者出于大度，会容忍或支持他们这样做，我们不排除会发生上述这种情况。不过，我们察觉到在当今世界上，在一切被外国入侵者的铁蹄踏入的国度里，在被征服者中间，同样形成了一种对立和仇恨的局面，而这就像许多人间发生的别的事情一样，在集中营里可以特别明显地察觉到。

而对于非犹太人的特殊人员没有很多可说的，尽管他们在人数上要多得多（没有一个"雅利安人"囚犯是没有职务的，每个人起码有一个卑微的职务）。要说他们愚笨而又残忍，那是自然的，只要想一想他们多半是从德国监狱里选拔出来的普通罪犯，到犹太人集中营里充当管理员的职务；我们认为这是一种相当精心的选拔，因为我们断然难以相信在劳动中见到的坏人会是整体意义上的德国人、甚至只是德国罪犯的一般标本。很难解释为何在奥斯维辛集中营里，德国、波兰、俄国的政治犯们，居然能跟普通的罪犯一样残忍。然而，众所周知，当时在德国，走私行为，跟犹太女人的不正当关系，以及有损于政党官员的盗窃行为都会被鉴定为政治犯罪。"真正的"政治家们都在其他臭名昭著的集中营里活着、死去，那里的条件显然是极端艰苦的，不过，在很多方面与我们在这里描述的情况不尽相同。

但除了上面所述的专职管理人员之外，有一大批的战俘阶层，他们从一开始就命运不济，他们只能靠自己的力量生存下去。这就必须逆流而上，每天每时都得跟劳累、饥饿、寒冷，以及由此产生的怠惰做斗争；抵御敌人，不怜悯对手；磨练心智，锻炼耐心，增强意志力。抑或抹杀所有的尊严，泯灭一切良知之光，如同困兽犹斗，上场相互厮杀，发挥自己意想不到的潜力，去支撑和慰藉在残酷年代里的氏族和个人。我们挖空心思想出许许多多的路子，千方百计求得免于一死：人有多少不同的性格，路子就有多少。所有的路子都蕴含着一种个体跟众人的令人精疲力竭的斗争，许多路子需要付出不少越轨和屈服妥协的代价。只有极少数超凡的人可以不放弃自身的精神世界而生存下去，除非能命运直接且有力的眷顾，或者具有殉难者和圣人的才能。

那么，能以多少种方式得以生存呢？我们将以谢普谢尔、阿尔弗雷德、埃利亚斯和亨利的经历来予以表述。

*

谢普谢尔在集中营里生活四年了。打从遭受种族迫害，被驱逐出加利西亚的村庄以来，他看到自己周围已有成千的同类死去。他有妻子和五个儿女，还有一个生意兴隆的鞍具皮件店，不过，他久已习惯不去想自己这些事了，光想着如何把自己像只口袋似的定时地填满。谢普谢尔的体格并不很壮实，既没有足够的勇气，也不是一个狠心的人，甚至也不特别狡猾，而且从来没有为自己安排一个轻松一点的工作，但他不时地找到一些零星的小营生，这里的人称之为"kombinacje"（制品）。

他时不时地从布纳工厂偷一把笤帚，把他卖给寝室长；当他攒下了一点资本（面包），就从棚屋的鞋匠、他的同乡那里租些工具，自己干几个钟头的私活；他会把电线编成背带；西吉告诉我，在中午休息期间见到谢普谢尔在斯洛伐克工人的工棚前唱歌跳舞，他们有时候会用剩下的菜汤犒劳他。

这么一说，会让我们宽容谢普谢尔，对他产生一种同情，就像同情一个感情脆弱的不幸的人，如今他心灵中只存有最基本的愿望，就是卑微地活下去。为了求生，他勇敢地进行着小小的抗争。但谢普谢尔并非是一个例外，只要有机会出现。他曾经毫不犹豫地让人鞭答在厨房偷窃东西的、与他合谋的莫伊斯克尔，以在寝室长面前邀功，以期寝室长能提议他去当刷洗军用大锅的差使，尽管那种期望很渺茫。

*

工程师阿尔弗雷德的经历表明，其他的不说，就关于人与人之间生来就平等的神话是多么空洞。

阿尔弗雷德在他的国家经营过一家非常重要的化工厂，他在整个欧洲的工业界当时（现在也是）享有盛名。他是个五十岁上下的健壮的男子，我不知道他是怎么被捕的，但是他跟所有进来的人一样：赤身裸体，孤身一人，无人认识。

我结识他的时候，他已很虚弱，不过他脸部保持了一些特征，蕴含着一种克制着的能量，那时候，他得到的特权仅仅局限在每天清洗波兰工人们的军用大锅。我不知道这份工作他是作为专利而得到的，这使他每天能得到半饭盒菜汤。当然这不够他填饱肚子，但是没人听到他有过抱怨。反而，他随口说出的片言只语，却令人想到其内在蕴含的巨大的潜在力量和一种可靠而又有效的"来头"。

这从他的外表可以得到印证。阿尔弗雷德很"有模有样"：手和脸总是洗得干干净净的，他很少会忘记洗衬衣，不等到两个月更换一次，每两个星期就洗衬衣（这里我们须提醒注意的是，洗衬衣就意味着得有肥皂，得有时间，得在特别拥挤的洗漱间里找到空间；两眼得适应专心地监视，一刻不停地注视着湿透的衬衣，而且得在熄灯后的寂静里把还湿着的衬衣穿在身上）；他有一双木头拖鞋用来洗淋浴，甚至他那套又干净又新的长条格衣服着也特别合他的体形。实际上阿尔弗雷德在正式成为特殊人员之前，早就为自己打造好了特殊人员所必须具有的外表形象。因为仅仅在很久以后我才知道，阿尔弗雷德之所以能有这样气宇轩昂的模样，都是靠其令人难以置信的顽强毅力赢得的，是他用自己的面包份额换取个别的用品和方便的，他就这样强迫自己额外地忍受更多的食物匮乏的煎熬。

他的计划是长远的，所以就更加可观，因为那是在一种充斥着临时观念的环境里酝酿出来的。阿尔弗雷德以严格的内心约束来实施这个计划，对自己毫不手软，尤其不怜悯挡他道的难友们。阿尔弗雷德深知一个受尊重的强者与真正成为那样的人之间只有一步之遥，而且无论到哪儿，特别是在大家都生活在同样水准的集中营里，一个令人敬重的外表是受人尊重的最好的保证。他悉心地让自己不混迹在羊群中：他格外努力地工作，找机会还以令人信服的恳求的口吻勉励偷懒的难友们；每天排队领份饭避免不去抢占好位置，而且每天让自己适应领第一份显然是最稀的菜汤，以便让寝室长注意到他是多么懂规矩。为了弥补他跟难友们关系的疏远，他总是最大程度的谦恭有礼，以便跟他那绝对自私的打算相兼容。

当化工编队组建时，这我们以后会再谈到，阿尔弗雷德懂得他的时机来了：在那群不修边幅的肮脏的难友中，他只需穿着他清洁的衣服，凭他那张总是刮干净的瘦削的脸，很快就赢得了队长和监工头的信任，认定他是一个真正的灵魂得救者，一个潜在的特殊人员；因此（凡有的，还要加给他叫他多余），他理所当然地晋级为"专业人士"，被任命为化工编队的技术主任，而且被布纳的领导层聘用为苯乙烯车间实验室的分析师。接着他又负责考察化工编队陆续新来的雇员，评定他们的专业能力；这方面的工作他总是极端严格地执行的，尤其对那些他意识到将来可能成为竞争对手的人。

我不知道他后来的故事，但我认为他很可能逃过了此劫，如今还过着那种不屈不挠的、没有欢乐的强者的生活。

*

埃利亚斯·林京，编号为141565，一天，他令人费解地来到化工编队。他是个小矮个儿，身高不超过一米五，不过，我从未见过有人身上会长他那样的肌肉。当他脱光身子时，清晰可见每块肌肉就像一只只泰然自若的动物在皮肤下柔软又健壮地活动。倘若就按他身体的比例把他放大，他就会成为极佳的大力神的模特。不过，一定不能看他的脑袋。

他头皮底下的脑颅骨缝特别突出。头颅特别大，让人觉得像是用金属或石头做的，看得到剃光的黑色发际线离眉毛仅一指距离。鼻子、下巴、前额、颧骨生生地挤成一堆，整个脸像是公绵羊的一只脑袋，是一种适合用来打人的工具。他的身体散发出一种强烈的兽性。

看着埃利亚斯干活的场面很令人不安，波兰人的师傅们，有时候连德国人自己，都会停留下来观看他干活，仿佛他是无所不能的。我们扛一袋水泥就好费劲，可他能扛起两袋，甚至三袋四袋，不知他是怎么保持平衡的。而当迈开粗壮的短腿快步行走时，他边扛着水泥，边做着怪相，不停地又笑又唱又吼，嘴里还骂骂咧咧的，好像他的肺是青铜制作的。尽管埃利亚斯脚下穿着木底鞋，爬脚手架却跟猴子似的麻利，还能在悬空的横梁上稳当地奔跑。他脑袋上一次能顶六块砖头；他会用一块小铁片给自己做个汤勺，用一块碎钢片做一把小刀；他到处都能找到纸片、木头、干煤块，没多大会儿工夫就能在雨底下生火；他能当裁缝、木匠、鞋匠、铁匠；能把口沫吐得难以置信得远；能用不赖的低嗓音唱出他以往从未听到过的波兰歌曲和意第绪语歌曲；他能喝下六七升至八九升的菜汤而不会呕吐，也不泻肚子，完了还能立马再开始干活；他能在肩上隆起一个大驼背，并且在营地强势的管理人员的欢笑声中，假装瘸腿绕着棚屋行走，大声叫嚷着，嘴里骂骂咧咧的，不知他在骂些什么。我见过他与一个高过他一头的波兰人摔跤，他一头撞到那人的胃部把其撂倒在地，就像弹射器那样又有力又准确。我从未见到他休息过，我从未见过他安静或停歇过，也从未听说他受伤和病倒过。

他当自由人时的生活，无人知晓；况且，让埃利亚斯作为自由人的身份出现，需要有一种强有力的想象力和诱导力。他只讲波兰语，说着走了样的古怪的意第绪语，夹带着很重的华沙口音；不可能引导他作连贯的讲话；他可以是二十或四十岁，通常他说自己三十三岁，说他生育了十七个孩子：这并非不可信。他不断地说话，经常东拉西扯的，总是以洪亮的嗓音、演说家的腔调，像一个异乡人似的使劲用手势表达，仿佛他总是对着一大群观众说话似的。当然他从来也不乏听众。那些能听懂他的话的人听得津津有味，笑得直不起腰来，兴奋地拍着他厚实的肩背，鼓励他继续往下说。而他却气势汹汹地紧皱着双眉，像一头猛兽在围观的人群里来回转悠，一会儿训斥这个，一会儿训斥那个，突然他用利爪般的手狠狠揪住一个人的胸口，令人无法抗拒地把对方拉到自己跟前，冲着他那惊恐的脸胡乱痛骂一通，然后猛地把那个人像一根细棍子似的往后扔开，而他在一片掌声和笑声中把双臂伸向天空，仿佛是一个在预卜未来的小妖怪，一面继续气愤地胡言乱语着。

他干活特别卖力的名声很快就传开了，可根据集中营荒谬的法规，从那时候起他实际上就停止干活了。他的工作由师傅们直接指派，要他干的那些工作只需要熟练的技巧和特殊的体魄。除了这些工作之外，他还蛮横粗暴地管理我们日常平庸的劳动，经常悄悄地不知消失在工地的什么隐蔽之处，搞神秘的走访和猎奇，他从那些地方回来时口袋里总是鼓鼓囊囊的，看得出他肚子显然是填得饱饱的。

埃利亚斯自然是地地道道的窃贼：在这方面他表现出野

生动物本能的狡猾。他从未被当场抓住过，因为唯有在有把握的情况下他才出手偷窃：不过一旦出现机会，埃利亚斯就果断下手，干净利落，毫不手软，就像一块石头掉落，掷地有声。且不说很难抓他现行，而用其偷得的赃物来惩罚他显然也毫无用处：对他来说，偷窃代表任何一种生命的行为，如同呼吸和睡觉一样。

现在人们可以问埃利亚斯这个人究竟是谁。他是不是一个疯子，一个不可理喻的人，一个非正常的人，偶然进到集中营里了。他是不是一种返祖现象，是我们现代世界的变异，比较适应集中营里原始的生活条件。或者他也许就是集中营的一种产物，如果我们不死在集中营里，如果集中营没有先行关闭，我们大家都会变成那样的。

这三种假设都有真实的成分。埃利亚斯活下来了，没有被外界所摧毁，因为他在体质上是摧不垮的。他抵御了内在的压力，因为他的神经是错乱的。因而他首先是一个幸存者，他是最适合这种生存方式的最合格的人的典范。

如果埃利亚斯重新获得了自由，就会被驱逐到人类社会的边缘，在一座监狱或在一家精神病院里。可是在这里的集中营里没有罪犯，也没有疯子：没有犯罪分子，因为没有道德法规可以违反；没有疯子，因为我们都是特定的人，而且我们的每一个行为，按其发生的时间和地点，显然都是唯一可能发生的。

埃利亚斯在集中营里是春风得意。他是个干活的好把式，办事有门道，出于这双重的原因，他很有把握不被淘汰去毒气室，并且受到队长和难友们的看重。谁内心没有足够的应变能力，谁不善于从自身的良知中获得必要的力量死死抱住生命，唯一能以得救的路就是埃利亚斯走的路：走上疯癫和猥琐的兽性之路。别的所有的道路都是走不通的。

这么说来，有人也许会试图替我们日常的生活得出结论，也许这也是规律。我们周围难道不存在像埃利亚斯那样的人，多少获得了成功的人吗？我们难道没有看到有些人盲目地活着，没有任何的自我约束和良知吗？而他们不是不在乎他们身上有这些缺陷，确切地说，他们跟埃利亚斯一样，正是依靠这些缺陷活着。

问题是严肃的，而且不会进一步展开了，因为他们所要的集中营的历史就是这样的。而有关集中营外面的人，人们已写得很多了。不过，我们还想补充再说一句：不管外界可能会怎样评价埃利亚斯，而且不管这句话能有多少意义，埃利亚斯当时似乎是一个快乐的人。

*

亨利却格外地文明和自觉，对于在集中营里求生的方式，他具有一套完整和有机的理论。他仅仅二十二岁，非常聪明，会讲法语、德语、英语和俄语，具备良好的文化、科学和传统修养。

他的兄弟去年冬天死在布纳，打从那天起亨利就切断了任何情感，像缩在甲壳里自我封闭起来，一门心思地为生存而奋斗。具备高贵教养的亨利，竭尽所能挖掘他一切聪明才智，发挥他高超的应变能力。按照他的理论，人可以采取三种办法免遭毁灭，保持做人的气节，无愧于人的称号：疏通关系，赢得同情，施行偷窃。

他也身体力行地实践这三条。亨利在哄骗（用他的话说是"培植")英国战俘方面是个优秀的战略家，没人能比得上他。他们落到他手里就变成了孵金蛋的母鸡：想一想，在集中营里以物换物，仅仅用一支英国烟就能换得填饱一天肚子的食物。有一次，有人看到亨利在吃一个真正的煮鸡蛋。

来自英国人的货物交易是由亨利垄断的，这里就牵涉到疏通关系了；不过，他深入到英国人和其他战俘中去所用的手腕，是博得同情。亨利具有索多玛的圣人塞巴斯蒂亚诺①那样纤细的身材和脸容，一副可怜兮兮的倒霉样儿：深邃的黑眼睛，还没有长胡须，举手投足自然洒脱而又淡定（虽然在需要时，他会像只猫似的奔跑跳跃，而且他的胃口仅次于埃利亚斯）。

亨利对自己的天赋一清二楚，并能冷静地加以利用，就像物理学家熟练地使用一种科学仪器似的，结果却令人惊异不已。

这其实是一种发现。亨利发现，因为怜悯是一种不必经过深思熟虑的原始的感情，如果巧妙地被灌输到对我们发号施令的那些人面兽心者的心灵之中，那些无缘无故地肆意用拳头揍我们、一旦我们倒地就踩踏我们的那些人的原始的心灵之中，怜悯和同情心就会生根开花，他没有放过这个发现的实际分量，并把其个人的灵巧和智慧都添加到这种发现中了。

獴这种动物会使大毛虫瘫痪，刺伤它们唯一脆弱的淋巴结，和獴一样，亨利就这样看上一眼就能物色好对象，是否是"他所要的那种类型的人"；他跟每个人分别用适合对方

① 圣塞巴斯蒂亚诺（又译：圣塞巴斯蒂安），据说生于3世纪中叶，是罗马皇帝的近卫队长，面相俊美，为皇帝所宠爱，但塞巴斯蒂亚诺虔信基督教，选择被绑在树上被乱箭射死。

的语言简短交谈，"那人"就被征服了：越来越同情地听着他说，为年轻人不幸的命运所打动，而无需很长时间他物色的对象就开始有回报。

如果亨利认真花工夫，即便对方心肠再狠，没有他打不开缺口的。无论在集中营还是在布纳，他的保护人不计其数：英国士兵、法国民工、乌克兰和波兰民工；德国"政治犯"们；至少有四名寝室长，一名厨师，甚至还有一个党卫军士兵。但他最喜欢的阵地是医务室。亨利可以自由出入医务室，西特伦大夫以及威斯大夫不光是他的保护人，也是他的朋友，只要他愿意，他们就可接收他住院，想要出什么诊断书都可以。这尤其是发生在临近淘汰体检的时候，以及在劳动过于繁重的时期里：他说是为了去"度过寒冬"。

他结交的朋友十分广泛，自然，亨利很少会沦落到走上第三条偷窃之路；再说，就这个论题，人是不愿意吐露实情的，这可以理解。

跟亨利在休息的时候谈话是很愉快的事情，也是有收益的：营地里没有他不知道的事情，没有他不曾以其一贯简洁的方式评论过的事。在谈及他所获得的成功时，他很有教养，也很谦虚，如同谈论微不足道的猎物似的，但在谈到他怎么通过问及汉斯在前线的儿子去接近他，怎么让奥托看他胫骨上的伤疤从而接近奥托的计策上，他却滔滔不绝。

跟亨利说话不仅很有益也很愉快，有时候，也会觉得他很热忱和亲近，似乎可以与其沟通，也许可以有一种亲切感；他似乎领悟到人类痛苦的真谛，意识到他自己那非同一般的人格。然而，在他惨淡的微笑之后，顿时愣是做了个像是对着镜子学会的冷冷的怪相；亨利彬彬有礼地请求原谅（"我有些事情要做"，"我有个人要见"）。而且，你瞧，他又全身心地投入求生的斗争，又施行他的捕猎；他龟缩在他的甲壳里，生硬地疏远他人，他像《创世记》中的蛇，狡猾而又不可理喻，凶煞神似的与众人为敌。

从跟亨利的所有谈话中，即使从跟他最热情的谈话中，我总微微地觉察到一种挫败之感；这不禁令我困惑地怀疑，当初自己在他面前是否不知不觉地也变得不是个人，而是攥在他手里的一件工具了。

现在我知道亨利还活着。为了了解他作为自由人的生活，我想问的有很多，不过，我不想再见到他。

化学考试

被称作化学队的 98 号劳动队，本该是一支专业技术队伍。

正式发布公告建队那天的黎明时分，天色灰蒙蒙的，仅有十五个囚犯，在平时点名的广场上集聚在新队长周围。

第一件令人失望的事：队长还是一个胸前有"绿三角"标记的职业罪犯，青年义务军早就不认为化学劳动小队的队长必须是一个化学家。向他提出质疑没有用，是白费口舌，他会冲你大喊大叫，以拳脚相加作为对你的回答。何况，令人宽心的是他外表长得不太壮实，又低于平均身高。

他用兵营里粗俗的德语做了一个简短的讲话，确实令人大失所望。你们这些人都是化学家，他叫阿莱克斯，好吧，如果你们以为是进入了天堂，那就大错特错了。首先，打从开始生产那一天起，98 号劳动队只不过是从属于氯化镁仓库的一个搬运小队。然后，如果你们作为智者，是知识分子，认为自己是在耍弄他，阿莱克斯，作为一个"德意志公民"，好吧，"神圣主人"就会给你点颜色看，会……（横向挥动握紧的拳头，伸开食指，以德国人威胁别人的手势）；最终，如果某人不是化学家，想以化学家的身份出现，就甭想骗得了谁；会有一场考试，是的，先生们，最近的某一天就要考试；一场化学考试，面对的是聚合（作用）车间的三巨头：哈根博士，普罗布斯特博士，工程师潘维茨博士。

面对这样的阵势，我的天哪，已经失去了很多时间，96号和 97 劳动队已经启动了，得起步走了，而一开始，如果谁没能跟得上步子，没站在队列之内，他可就要不客气了。

他是一个跟所有别的队长一样的队长。

*

从集中营里出来，在党卫军点名的地方，五人一排在军乐团跟前走过，手里拿着便帽，双臂一动不动地贴在身体两侧，挺着脖子，不能说话。然后是三个人并排走，于是就可以在千万双木屐的吱嘎声中交头接耳了。

这些编入化学队的伙伴都是些什么人？挨着我的是阿尔贝托，他是大学三年级学生，这次我们可以不分开了。我左边的第三个人，我从未见过他，看上去很年轻，脸色像蜡一样苍白，他的编号属于荷兰人。走在我面前的三个人，也是新面孔。朝后看是危险的，我会跟不上步伐，或者绊倒；不过我还是试着回了一下头，我看到了伊斯·科洛斯内的脸。

行进中是没有时间思考的，得小心别踩到瘸着腿走在你前面的人，也别被走在你后面的瘸着腿的人踩到；不时的有坑洼处得跨过去，有滑溜溜的稀泥坑得避开。我知道这是什么地方，我跟随先前的劳动队已经来过这里，这里是 H 街，仓库之路。我跟阿尔贝托说：真的是氯化镁仓库，至少这不是编造的一个故事。

我们到了，我们下到一处宽阔的地下室内，那里很潮湿，处处有过堂风；这是劳动站队部所在地，这里被称为 Bude（工棚）。队长把我们分成三个小组：四个人负责从车皮卸下袋子，七个人负责把它们运到下面，四个人把它们堆在仓库里。后面的四个人就是我跟阿尔贝托、伊斯和那个荷兰人。

我们终于可以说话了，对于我们每个人来说，阿莱克斯说的似乎是一个疯子做的梦。

就这样，我们脸上毫无表情，剃光着脑袋，衣衫褴褛地去参加化学考试了。很显然，将会用德语考试，我们将出现在某个金黄头发的印欧人种的博士面前，我希望我们不必擤鼻涕，因为也许他不会知道我们不能备手绢，当然这是没法跟他解释明白的。我们硬撑着膝盖勉强能一动不动直立着，这是忍受长久的饥饿所致，他肯定会闻到我们身上的这种味道，对此我们已经习惯了。不过，这种萝卜的味道，以及吃过生白菜和熟白菜消化过后的味道在开初几天令我们难以承受。

就是如此，科洛斯内这样确认道。那么德国人是很需要懂化学的人了？抑或是"为了折磨犹太人"的一种新的诀窍，一种新的阴谋？要我们这些活死人、这些在无望的期待中已半痴半疯的人，做这样的测试，他们是否意识到是多么滑稽可笑和荒谬呢？

科洛斯内让我看他的军用饭盒的底部。别的人在饭盒底部刻上他们号码，而我和阿尔贝托刻的是我们的名字，科洛斯内的饭盒写着："别试图去理解什么。"尽管我们每天思考的时间不过几分钟，而且当时我们是以一种抽离的、表层的奇怪方式思考问题，我们深知，我们迟早是会被淘汰去毒气室的。我知道自己不是那种扛得住折磨的人，我太文明，总想得太多，我的体力在劳动中日渐耗竭。而现在我也知道，如果我成了专业人员，就能得救，而如果通过了化学考试，我就能成为专业人员了。

今天，此时此刻，我坐在一张书桌前面，这样写着，自己也不确信这些事情真的发生过。

*

三天过去了，三天习常无法记忆的日子，那三天是那么漫长，而过后又显得那么短暂，大家都已经懒得相信有过那场化学考试了。

化工队已经减少到十二个人：三个人以这里惯常的方式消失了，也许他们就在附近的木板棚里，也许已从世上被抹去了。剩下的十二个人当中，五人不是搞化学的；那五个人马上要求阿莱克斯让他们回到先前的劳动站去，尤其发生在临近淘汰的时候，以及在劳动过于繁重的时期。他们免不了要遭受挨打的责罚，可是不知是由哪个权威人士作出的决定，他们出乎意料地留下来，作为辅助人员编入化学队。

阿莱克斯来到存放氯化镁的地下室，把我们七个人叫到外面，让我们去应试。我们这七个人就活像七只跟在老母鸡后面的笨拙的小鸡，跟在阿莱克斯后面踏上了去聚合车间的小楼梯。我们在楼梯的平台上，门牌上写着三个著名的名字。阿莱克斯彬彬有礼地敲门，他脱掉便帽进去了；听到一个平静的声音；阿莱克斯又出来了："不许说话，等着。"静候。

对此我们很满意。人在等待的时候，时间会顺利地过去，无须强行驱赶时间向前，相反，人在干活的时候，每分钟都过得很艰辛，得奋力地驱赶时间。我们总是喜欢等待，像攀缘在旧蜘蛛网里的蜘蛛似的，能精明而慵懒地一动不动地待上好几个小时。

阿莱克斯十分紧张，他来回踱步，而每次当他在跟前走过时，我们都闪开。我们每个人也各自以自己的方式表现出内心的不安；唯独门狄不紧张。门狄是犹太法学博士，来自苏联的喀尔巴阡山地区，那是多民族杂居的地方，那里每个人至少说三种语言，而门狄能说七种语言。他知道很多东西，除了犹太法学博士的身份外，他还是犹太复国主义积极分子，语言学家，曾经是个游击队员，而且是个律师；他不是搞化学的，但他想尝试一下，他是小个子，个性顽强、勇敢而又敏锐。

巴拉有一支铅笔，大家都向他扑过去。我们没有把握，是否还能写字，我们都想试试。

Kohlenwasserstoffe，Massenwirkungsgesetz[①]。复合物和定律法则的德国名称浮现在我眼前：我感激我的头脑，我没有再眷顾过它，而它还能为我服务得如此好。

阿莱克斯来了。我是一个化学家：我跟这个阿莱克斯有何相干呢？他站到我跟前，粗暴地整了整我上衣的领子，摘掉我的帽子，又把帽子重新扣到我头上，然后他往后退了一步，以厌恶的神情观察效果，便转过身去嘟囔着说："又进来一个邋遢鬼！"

门打开了。三位博士决定上午考六个应考者。第七个不考了。第七个是我，我的入营编号是最大的，所以得回去干活。阿莱克斯下午才来带我独自应试，多倒霉啊！我都不能跟他人交流，打听"他们提的是什么问题"。

这次真的轮到了。阿莱克斯在楼梯上斜眼瞅我，对我那寒酸的模样，他似乎感到负有某种责任似的。他对我不好，

---

① 德语。碳氢化合物，质量作用定律。

因为我是意大利人，又是犹太人，所以在众人之中，我离他所理想的粗犷豪放的男子气概是最远的。因此，尽管他什么都不甚明白，却对自己这种不专业的目光感到自豪，他表现得对我考试成功的可能性极其没有信心。

我们进去了。屋里只有潘维茨博士一人，阿莱克斯手里拿着便帽，对他低声说道："……一个意大利人，在集中营才三个月，已是个半死不活的人……Er sagt er ist Chemiker . . ."① 不过，他，阿莱克斯，在这方面似乎有保留。阿莱克斯很快被打发到一边去了，而我觉得自己好像是站在斯芬克斯② 面前的俄狄浦斯。我思路清晰，而且在这个时刻，我意识到要下的赌注是相当大的，不过，我也感到有一种强烈的想消失、想逃避考试的冲动。

潘维茨是瘦高个子，一头金发，他的眼睛、头发和鼻子和所有的德国人应该有的一样。他威严地坐在一张复杂的写字台后面。我，编号 174517 的囚犯，站在他的书房里，那是一间挺像样的书房，明亮又整洁，而且我似乎会在我不得不碰触到的地方留下一块污渍。

当他写完之后，就抬起头，看了看我。

打从那天之后，我以许多方式多次想到了潘维茨博士。我自问，他作为人的内在功能是什么；我在想，除了聚合实验，除了他作为印欧日耳曼人的意识，他怎么打发时间的；

① 德语。"他说他是搞化学的……"。
② 斯芬克斯（Sphix），希腊语的意思是"女扼杀者"，长着狮子躯干、女人头像的带翅膀的怪物。传说她坐在迪拜附近的悬崖上，向过路人出了个谜语："什么东西早晨用四条腿走路，中午用两条腿走路，晚上用三条腿走路？"倘若猜不出，就得被害死。俄狄浦斯猜中了，回答说："这是人在幼年、成年和老年的时候。"斯芬克斯听罢就跳崖而死。通往迪拜的道路从此太平无事。

尤其是当我又成为自由人之后，我还曾想再遇见他，并非为了报复，而只是对于人的心灵的一种好奇。

因为那种目光并非是人与人之间的目光，倒像是人隔着鱼缸的玻璃壁看鱼时的目光，是两个不同世界的生物之间的目光，而要是我能够解释那种目光的本质所在，我也就能解释德意志第三帝国疯狂的实质了。

我们在那一瞬间立刻就领悟了大家对德国人抱有的那种想法和说法。那操控天蓝色眼睛和悉心保养双手的头脑在说："我跟前的这种东西属于必须得灭绝的一类。在特殊情况下，必须先确定他是否含有某些可以利用的元素。"而在我的头脑里，如同空心的倭瓜的种子："天蓝色的眼睛和金黄色的头发本质上是很邪恶的。无法与他们做任何沟通。我在矿物化学有专长。我在有机合成方面有专长。我专修……"

审问就这样开始了，而阿莱克斯在一旁打哈欠，龇牙咧嘴地待在他的角落里，第三种动物的样本。

"Wo sind Sie geboren？"（您是在哪里出生的?）他用"您"称呼我：工程师潘维茨博士没有幽默感。他真该诅咒，都不尽量说一种稍稍能让人听懂的德语。

"我于1941年在都灵毕业，各科成绩优异。"我这么说的时候，明确地有一种不被人相信的感觉，说实在的，连我自己也不相信，看看我那双布满伤口的脏手，以及那条上面结满淤泥的苦役犯穿的裤子就足够了。可那恰恰正是我，都灵大学的毕业生，而且尤其是在这一刻，不能怀疑自己跟他同等的身份，实际上有机化学的记忆储存库，尽管经历长期的懈怠，这时发挥出令人意想不到的效应，我对博士的提问对答如流。此外，我陶醉在清醒敏捷的思路之中，感到这股兴奋狂热之情涌动在血脉里之中，我辨认出来了，那是对考试的激情，对于我的考试所表现出的激情，我本能地发挥出自己全部的思维能力和广博的知识，当初那曾经令我的同学们羡慕不已。

考试正顺利进行。随着我逐渐理解考试的内容，我似乎觉得自己不低人一头了。现在博士问我的毕业论文的题目。我使劲地回忆，挖掘出一连串如此深远的记忆，如同在寻找我前世做人的一种经历。

似乎有什么东西在呵护我。我那可怜的老论题《衡量的绝缘体之测量》，引起了这位衣食无忧的金黄色头发的雅利安人特别的兴趣。他问我是否懂英语，并拿出加特曼的书[①]给我看，在这里，在铁丝网的另一边，居然也存在一个加特曼，与我在意大利上大学四年级时在家里拜读过的那个名字写法一模一样，这也真是不可思议的、荒诞的事情。

现在，考试是结束了。整个考试过程中支撑着我的兴奋情绪一下子就消失了。我脑袋昏昏沉沉，有气无力地凝视着博士那双肤色金黄的手，以令人难以看懂的笔迹在一页白纸上涂写我的命运。

"出去吧!"阿莱克斯又进来了，我又重回到他的监管之下，他碰响鞋根向潘维茨致辞别礼，对方轻轻地眨了眨眼皮以示回答。那一瞬间，我试图寻找一种得体的辞别方式：白费心思。我只会用德语说吃饭、干活、偷窃、死亡；我也会

---

① 路德维希·加特曼（Ludwig Gattermann，1860—1920），德国化学家。

说硫酸、大气压力和短波发电机；但是，我确实不知道怎么用德语跟一位有地位的人道别。

我们又走在楼梯上了。阿莱克斯在台阶上跑步下楼。他穿着皮鞋，因为他不是犹太人，他脚步轻快，如同地狱火坑里的恶魔。他从楼梯下面转过身斜眼看我，我局促不安地下楼，像个老人似的靠着楼梯的扶手，穿着不配对的特大木底鞋，踩得楼梯咚咚作响。

考试好像进行得不错，不过，不该对此有什么指望。我对集中营太了解了，深知永远不该作什么遐想，尤其是乐观的遐想。可以肯定的一点就是：一天之中我没干活，因此，今天夜里我不会觉得饥饿，这是获得的一种实在的好处。

要返回工棚，必须得闯过一片堆满木梁、金属桁架的空地。一架绞盘的钢缆横在路上，阿莱克斯抓起钢缆，想跨过去，"哎呀！"他看看自己沾上油腻的黑手。这时我赶上了他。阿莱克斯不带怨恨，也并非嘲弄地在我的肩上蹭擦他的手，掌心掌背都在我身上擦干净了。野蛮而又无辜的阿莱克斯，对他这样的行为，对他和潘维茨，以及无数像他一样的大大小小的人，无论在奥斯维辛或是在任何地方，如果有人对他说，今天我是这样评价他，那么，卑鄙又残忍的阿莱克斯一定会惊诧不已的。

尤利西斯之歌

　　我们六个人负责刮擦洗净地下水槽的内壁，白日的阳光仅仅从入口的小窗口照到我们身上。那是一件美差，因为没有人监督我们。不过地下水槽阴冷又潮湿。刮擦下来的锈垢粉末烧灼眼皮，黏附在喉头和嘴巴里，几近带有一股血腥味。

　　从入口处奔拉下来的小绳梯摇晃了一下：有人来了。多依茨熄灭了香烟，戈尔内叫醒了西瓦迪安；大家都重又卖力地干，把水槽的内壁刮得咚咚直响。

　　来者不是监工头，是让，我们队里的小勤杂工。让是阿尔萨斯的一名大学生，虽然他已经二十四岁了，但他是我们化工组最年轻的难友。因此，就由他来担任杂勤工，就是杂勤工兼文书，负责棚屋的清洁卫生，发放劳动工具，刷洗饭盒，统计小队的工时。

　　让能说一口流利的法语和德语。一旦认出踏在绳梯最高的台阶上的是他的鞋子，大家就停下手中的活。

　　"嗨，小伙计，今天有什么新鲜事儿？"

　　"今天的菜汤里有什么好吃的？"

　　"……头头的心情如何？斯坦尔被鞭子抽打了二十五下后怎么样？您看过报纸了吗？民工的厨房里闻到什么香味啦？现在几点啦？"

　　化工队里人人都喜欢让。勤杂工的职务在特殊人员的级别中已经是相当高的；勤杂工（一般不大于十七岁）不干体力活，就餐时他可以随便掏菜汤的锅底，并且可以整天挨着炉子待着："因此"他有权得到多出半份的份饭，而且他很有可能成为头头的朋友和至交，可以从头头那里正式收到被弃置的衣服和鞋子。现在让已是一名杰出的勤杂工了。他很机灵，体格健壮，同时待人温和友善。尽管他个人私底下与集中营和死亡进行着顽强勇敢的斗争，但他没有忽视跟命运不济的难友们保持良好的人际关系。另外，他十分能干，坚忍不拔，成功地赢得了化工队头头阿莱克斯的信任。

阿莱克斯兑现他的全部承诺。他像一头卑鄙凶恶的猛兽，在一副壮实、笨重、愚蠢、无知的外表下，有着过人的技巧和超群的嗅觉。他不失时机地炫耀对自己的纯血统和持有绿色三角标志的自豪感；他高傲地蔑视他手下那些衣衫褴褛、饥肠辘辘的化工专业人员："你们这些博学的人！你们这些知识分子！"他每天看着他们拥挤在队伍中，端着饭盒领取份饭时就在一旁狞笑。可是在平民"师傅"面前，他就竭尽奴颜婢膝之能事，而且热情地跟党卫军士兵们保持友好的关系。

阿莱克斯显然惧怕化工队的登记册和日常工作的报表，这也是当初勤杂工让所选择的道路，这让他成为阿莱克斯身边必不可少的人。那可是一项细致缜密的攻略，是整个化工队一个月小心翼翼实施的计谋。最终，防线被攻破了，小勤杂工在其职位上站住了脚，使得各方人士都如愿以偿。

让并不滥用他的职权，我们已经察觉到，他在适当的时刻，以合适的口吻说的每一句话都有着相当的分量。他已多次救下我们当中的人，使他们免受鞭打的惩罚，或被告发到党卫军那里。一个星期以来，我们都成了朋友：我们是在一次空袭的特殊场合中发现对方的，但后来我们各自受到集中营极其紧张的生活节奏所牵制，只能在厕所和洗漱间里匆匆打个招面。

*

让的一只手搭在晃动的绳梯上，指着我说：

"今天是普里莫跟我去领菜汤。"

头天之前，一直是斯坦尔，斜眼的特兰西瓦尼亚人[①]去领的；现在这个人倒霉了，因为什么仓库的笤帚被盗的事情。让就顺理成章地推荐我在每天"开饭"时帮个忙。

他爬到外面，我跟随他出来，白日的阳光刺眼，照得我直眨眼。外面天气暖和了，阳光洒在肥沃的土壤上，微微散发出一股油漆和沥青的味道，令我回想起儿时夏日的某一片海滩。勤杂工把两根木杆中的一根交给了我，我们就顶着六月的晴空上路了。

我开始些对他说表示感谢的话，但他打断了我，他不需要。举目望去，喀尔巴阡山头上一片白雪皑皑。我呼吸着新鲜空气，感到格外的轻松。

"你疯啦，干吗走得这么快？有时间。你知道的。"领饭的地方在一公里之外，我们得把五十公斤的菜汤用木杠子抬回来。那是一种相当费劲的活儿，但是去的路上是空手走着，是一段愉快的行程，而且可以有接近厨房的求之不得的机会。

我们放慢了脚步。勤杂工让很有经验，他早选定了一条道，那样我们就可以绕个大圈子，至少多走一个小时，却不

---

① 特兰西瓦尼亚（Transylvania）是中欧古地名，在罗马尼亚中部地区。

会引起怀疑。我们谈论各自在斯特拉斯堡和在都灵的家，谈论我们读的书和学业。我们谈论到我们的母亲：所有的母亲都多么相似啊！他母亲也总责备他从来不知道自己口袋里有多少钱。他母亲如果得悉他对付着过来了，而且日复一日地在这里煎熬着，一定也会感到惊诧的。

一名党卫军士兵骑着自行车过来了。他叫鲁迪，是事务长。站住，立正，脱帽。"他是个粗鲁野蛮的人。一条十足的走狗。"① 对他来说，讲法语和德语没有区别吗？对他来说无所谓，他可以用两种语言思考。他在意大利利古里亚待过一个月，他喜欢意大利语，想学意大利语。我会很高兴教他意大利语的：我们不能那么做吗？我们可以。而且马上就开始做，重要的是别失掉时间，不浪费这一个小时。

利曼塔尼拖拽着脚步过来了，他是罗马人，外套下掖着饭盒。勤杂工让很认真，他抓住我们对话中的几个字重复地笑着说：菜汤，营地，水。

弗伦克尔过来了，这个密探。加快步伐吧，弄不好他会落井下石使坏的。

*

……尤利西斯之歌。谁知道我怎么又为什么会想起它来。但是我们没有时间选择，这个小时已经不是一个小时。如果让是聪明人，他就会明白。他会明白的：今天我觉得自己是那么带劲儿。

……谁是但丁？《神曲》是什么？倘若人们竭力简洁地解

---

① 原文这句话前半句是法语，后半句是德语。

释《神曲》，会有何种好奇的新鲜感呢?《地狱》的章节是怎么分布的，什么是报复性的惩罚。维吉利奥① 象征理智，贝亚特丽丝象征神学。

让专心致志地听着，我慢慢地认真地开始吟诵:

> 古老的火焰那股最高的火苗开始抖动，
> 火苗飒飒作响，像风中摇曳的烛光。
> 尔后，那火苗的尖角如同说话的舌头，
> 忽前忽后地抖动，发出声音在说：当……②

背诵到这里我停了下来，我想把那段诗句翻译出来。这可糟糕了，可怜的但丁，可怜的法语啊! 不过，似乎可以凭借经验：让十分赞赏这两种语言离奇的类似，而且还提示我用合适的词语，使得译文更有"古雅"的韵味。

可是"当……"后面呢? 我什么也不记得了。记忆中的一个疏漏。"在埃涅阿斯为卡耶塔取名之前"。又一个疏漏。某些无用的片段浮现出来："……并不是对老父的孝心，也并非是令潘奈洛佩③ 喜欢的夫妇的恩爱……"这样是否准确了?

> ……然而我起航驶向开阔的远海。

---

① 维吉利奥（Virgilio，约公元前70—19），拉丁诗人，全名为 Publio Virgilio Marone。
② 见但丁《地狱》篇中描述的第八圈第八沟，那里到处是一团团点亮的火焰。该段为全文的第二十六章。
③ 潘奈洛佩（Penelope），尤利西斯忠诚的妻子，在长达 20 年的岁月中始终拒绝求婚者的追求，等丈夫从特洛伊归来。

对这句话我有把握，我可以向小勤杂工让解释，可以分辨为什么是"我起航"，而不是"我启程"，这样的语式显得更有力，更有气魄，是冲破一种束缚，是超越自己越过障碍，我们深深懂得这种激情的冲动。开阔深远的大海，让曾经在海上航行过，他明白这意味着什么。那是享受海阔天空，简单而又自由的权利，一望无际，唯有大海的气息。极其遥远温馨的事物。

我们走到了发电站，在那里干活的是安装电缆的劳动队。其中应该有莱维工程师。我看见他了，只见他那露出在工事外面的脑袋。他用手招呼我一下，他是个精明能干的人，我从未见他垂头丧气过，他从不谈论吃喝。

"远海"。"远海"。我知道它跟"离弃"一词押韵。

⋯⋯那剩下的一小群伙伴，没有离弃我。

不过，我记不得它是在前面还是在后面。还有在赫拉克勒斯的擎天大柱①那边的冒险之旅，多伤心啊，我不得不用散文的形式讲述：一种亵渎之罪。我仅仅记得一句，不过值得停下来吟诵它：

⋯⋯为此，不让人再启程远航。

"启程"：我早该来集中营，以搞明白那是跟前面的"起航"

①　即直布罗陀（Gibilterra）海峡，柱石是指海峡两岸的绝壁。过了此峡即为大西洋，是古人未经之地。

是同样的表达方式。但我不赞同让的看法，我不确定那是不是重要的意见。有多少别的东西要说啊，太阳已当空照耀，将近中午了。我着急了，急不可耐。

勤杂工啊，你竖起耳朵注意听，你要敞开思路，我需要你懂得：

你们想想自己源自何等民族：
你们生来就不该像兽类般活着，
而应该去追求美德和知识。

仿佛我自己也是第一次才听到，就像是一声号角，如同是上帝的声音。霎时间我忘记了自己是谁，忘记了自己在什么地方。

勤杂工让请求我再重复一遍。小伙计多么善良，他明白这对我有益处。也许它含有更多的意义：尽管译文苍白无力，枯燥乏味，评论也平淡无趣，仓促猝就，但是他接到了信息，受到启示，感觉到诗句与他休戚相关，与所有处于痛苦中的人休戚相关，尤其与我们有关，与我们这两个肩上用木杆抬着菜汤敢于思考这类问题的人有关。

我使我的伙伴们如此地渴望……

……而我徒劳地努力想解释这"渴望"一词意味着多少东西。这里又有一个空白，这次是无法填补的了。"……普照下界的月亮"，抑或是类似的诗句，可前面是什么呢？……没有任何印象，"想不起来"。正像这里人们说的。我至少忘了四句三行诗节，请求小伙计让原谅我。

"没关系。你只管说你的。"

> ……我隐约望见远处一座高山，仿佛从未见过如此高
> 的山岭。

是的，是的，"如此高"，而不是"很高"，是结果从句。
而山脉，当人们从远处眺望山脉时……小伙计啊，小伙计，
你说点什么吧，你倒是说话呀，别让我思念起家乡的山岭，
当初我从米兰乘火车回都灵的旅途中，所看到的出现在夜幕
下的丛山峻岭！

行了，得继续往下背诵，这些事情只能想想，难以言传。
小勤杂工等待着，望着我。

为了能知道如何让那句"我从未见过如此高的山岭"能
跟结尾连起来，我宁肯献出今天的菜汤。我闭上眼睛，啃着
手指头，竭力通过韵脚重新组合诗句，不过无济于事，后面
的句子都接不上。我脑袋里蹦出其他的诗句来："……淌泪的
大地刮起一阵旋风……"不对，是另一段诗句。晚了，晚了，
我们到厨房了，得背诵完才是：

> 海浪三次把船只打翻在漩涡中，
> 第四次船尾被高高掀起，
> 而船头却往下沉，正如另一位想见到的那样……

我拉住了让，趁为时未晚，得让他听完，让他懂得这一
句"正如另一位想见到的那样"是绝对有必要的、迫切的事

情。明天，我或者是他，我们可能都会死，或者彼此再也不能见面了，我得对他解释中世纪，谈谈符合人道的、必不可少的东西，尽管有意想不到的时间的错乱，还有我在一刹那的直觉中领悟到的东西，却只有到今天才看到，也许这就能解释为何我们会遭受如此的命运，为何我们今天会在这里……

*

现在我们排在领取饭菜汤的队伍中，站在其他劳动队前来领汤的那些衣衫褴褛肮脏的人群中。新赶到的人挤在我们身后。"白菜加萝卜？""白菜加萝卜？"[①]

人们正式宣布，用法语和波兰语说，今天菜汤里有白菜和萝卜。

最后大海将我们淹没了。

———
① 原文为德语，Kraut und Rüben。

夏天里的事情

整个春天，陆续有从匈牙利运送过来的人。两个战俘中就有一个是匈牙利人，在集中营里，匈牙利语是意第绪语之后我们所使用的第二语言。

1944 年 8 月，八个月之前进来的我们，如今算是集中营里的老人了。作为我们 98 号劳动队的人，对于向我们许下的承诺，以及通过化学考试之后最后不了了之的事情，我们并不感到惊讶：既不惊诧，也不过度伤心，说到底，我们大家都生怕有变故。"一旦有变化，就会变得更糟。"这是集中营里的谚语之一。更何况，经验已多次向我们证明，每一次预料往往都徒然落空。当我们的任何行动、任何言语都不能产生哪怕是最小的影响时，为什么我们得为设想未来而折磨自己呢？我们是一些先来到这里的囚犯，我们的智慧就是"别设法去搞明白"，别为在什么时候以及怎样结束这一切而苦恼，总之，别对他人及对自己提出问题。

对我们以往生活的回忆在我们心中犹存，然而那是些模糊又遥远的回忆，因而是温馨又令人伤心的深刻的回忆，就像一个人幼年时的回忆一般；相反，对于我们每个人来说，进入集中营的时刻则是一串不同的回忆的源头，那些回忆是新近的，又是苦涩的，而且不断地被眼前的经历所证实，如同每天重新裂开的旧伤口。

从工地上得悉的有关盟军在诺曼底登陆、苏联的反攻，以及暗杀希特勒未遂的消息，一度掀起阵阵强烈的瞬间即逝的希望。日复一日，每个人都感到力量耗竭，存活下去的愿望业已消融，思维也模糊了。何况诺曼底和苏联是那么遥远，冬天又如此临近，饥饿和痛楚是如此真切，而其余的一切却如此不现实，似乎除了我们这个泥泞的世界，我们这种贫瘠的一潭死水般的时光，如今已无法想像其结局的时光，不可能还有世界和时光的存在了。

对活着的人来说，单位的时间总有一种价值，谁的智商越高，就越能体验单位时间的内在涵义。但对于我们来说，时间一小时一小时，一天天，一月月地川流不息，麻木地看着将来变成过去，而且总是那么缓慢，我们想尽快摆脱这种毫无价值的多余东西。活跃的、珍贵的、无法弥补的年代结束了，未来摆在我们跟前，像一道不可逾越的屏障，黯淡又模糊。对于我们来说，历史早已停滞不前了。

*

但是 1944 年 8 月，开始了对斯莱西亚 ① 北部的轰炸，后来又不定时地中断和继续，延续到整个夏天和秋天，直至发生最后的危机。

蕴育在布纳工厂内的那种痛苦而又协调一致的折磨，骤然停了下来，而且立刻蜕变为一种疯狂的、松散的、强烈的行动。8 月本应该开始生产合成橡胶的那天，似乎即将来临，却不断地被推迟，最后德国人也不再谈及此事。

---

① 斯莱西亚（Silesia），波兰语为 Slask，大部分属波兰领土。战后按现有国界分属波兰、德国和捷克。

建厂的工程也停了，那酷似羊群般的劳工队伍中蕴含的无限能量，也转向了别处，而且一天比一天更加执拗和不驯服，消极地变成了对抗。每次空袭之后，总有新的故障要排除，要修复，得把几天前好容易恢复运转的机器设备拆卸搬走，还得匆匆地建起掩体和防空洞，它们在下一次使用时总是讽刺地显得不甚坚固而又徒然无用。

　　我们曾以为，比之日复一日单调乏味的冗长天日，比之运营中的布纳工厂有条不紊的苍白惨淡的生活，任何别的事物都更有意义，然而，当布纳工厂开始土崩瓦解，我们四周好像遭受一场劫难时，我们不得不改变了看法，感到自己好像也卷入其中：在飞扬的尘埃和灼热的碎砖烂瓦中，我们像牲口似的卖力流汗；在飞机愤怒的扫射下，全身发抖趴倒在地。晚上我们回到营地，浑身疲惫不堪，口渴难忍，在波兰多风的漫漫长夜中，我们看到营地里一片混乱，没有饮用水，也没有水可用来洗漱，没有菜汤填塞空空的肠胃，没有灯光照明，无法防范饥饿的旁人抢走自己手中的一片面包，早晨在黑漆漆喧闹的棚屋里，再也无法找到鞋子和衣服。

　　在布纳工厂工作的德国平民开始横行霸道，这些从漫长的主宰世界的美梦中清醒过来的自信的人，狂怒地看到了自身的毁灭却无法理解。营地的德国臣民们，包括政治犯们，在危难时刻，重新感到血统和国土的情缘。新的现实把错综复杂的仇恨和隔阂带回到最基本的范畴之中，把集中营分为两个阵营：政治犯和戴绿三角标记的人，跟党卫军们一起，他们看到，或者以为自己看到了，在我们每个人脸上蕴含的喜悦中所流露的复仇的嘲笑神情。在这一点上他们是一致的，他们变得倍加凶残和狠毒。

如今没有德国人会忘记我们是另一个阵营里的人：站在那些可怕的在德国的领空狂轰滥炸的人一边，他们像在自己家里一样划破了德国人的长空，越过了一切火力阻拦，摧毁德国的有生军事力量，每天甚至都在德国人家里浩劫，在以往从未被异族侵犯过的家园大开杀戒。

　　至于遭受了太多摧残的我们，都顾不上真正惧怕什么了。还能够对外界事物正确地作出判断和有所感觉的少数人，从盟军的轰炸中获得了新的力量和希望；还未被饥饿摧残得彻底无力的那些人，经常趁着普遍惊慌失措的时刻，到工厂的厨房和仓库进行格外冒险的探访（因为除了空袭的直接风险外，在紧急状态下进行盗窃者，会被处以绞刑的）。但大部分的人以一贯的麻木不仁，承受着新的危险和困惑：那并非是自觉的忍受，而是被皮鞭殴打制服的畜牲的那种麻木迟钝，再怎么抽打它们，都不会觉得疼痛。

　　我们被禁止进入有掩体的防空洞内。当大地开始颤动，我们就拖曳着脚步，麻木地一瘸一拐穿过烟幕弹具腐蚀性的烟雾，一直走到布纳工厂围墙里面的一片宽阔空地，那里既荒凉贫瘠，又肮脏空寂，我们有气无力地卧躺在那儿，像死人似的一群人叠堆在另一群身上，不过能感觉到得以休息的肢体一时的温馨。我们以茫然的目光，看着冲我们周围喷射的烟柱和火龙。在轰炸的间歇时段，弥漫着那种轻轻的可怕的嗡嗡声，那是每个欧洲人都熟悉的，我们上百次地从被踩踏过的土地上挑选稀疏的雏菊和春花菊，默默无言地把它们放在嘴里久久咀嚼着。

　　警报解除后，我们从各处回到自己的岗位上，不计其数的沉默的羔羊，业已习惯了他人的忿怒和欺凌，又重新干起一直在干的活儿，永远令人可恨的活儿，何况是如今显然变得毫无用处和意义的活儿。

*

就在这临近末日的日益惊恐慌乱的世界里，在新的恐惧和希望之中，在条件恶化的苦役的间歇中，我偶然遇见了洛伦佐。

我与洛伦佐的关系史既不长也不短，平淡又不可思议，是业已被现今的一切现实所抹杀的一个时代和一种生存条件的片段历史，因此我并不认为这种关系可以为人所理解，除非是按照我们今日理解传说中的和更遥远年代中的历史故事的方式。

具体说来，我们的关系就变得十分简单了：一个意大利民工，每天带给我一块面包和剩下的囚饭，六个月当中，天天如此。他送了我一件他打满补丁的厚毛衣；替我往意大利写过一张明信片，并让我收到了回音。而这一切，他既不要求也不接受任何酬劳，因为他善良又简朴，他做好事不是为了得到一份酬谢。

可别以为这一切似乎微不足道。不光我是这种情况；正如我已经说过的，我们之中其他人当时也跟民工有各种关系，而且得到能够生存下去的物质，不过，那是不同性质的关系。我们的难友们总是以男人们谈论他们和女人的关系那样，以充满暧昧和隐晦的口气谈及此类关系，仿佛是谈论能够引以为豪、令他春风得意的艳遇似的，巴不得引得别人的嫉羡。不过，即便是出于世俗的良知，那种关系仍然总不那么合法和光明磊落，所以过分得意地谈论那种关系就不太正确也不应当了。囚徒们就是如此讲述他们的平民"保护人"和"朋友们"：格外地谨慎，不指名道姓，为了不连累他们，尤其是因为不希望出现竞争对手。像亨利那样的老手，职业的骗子，全然缄默不语，得心应手地为他们的成功营造出一种深不可测的神秘气氛，只作些暗示和隐射，故意让听众像聆听模糊又动人的传奇故事似的，即他们从平民百姓那里赢得无比丰厚和慷慨的恩赐。这样做是鉴于一种明确的目的：好的声誉对营造好的人缘关系会产生最根本的效益，就像我们在别处已经说过的那样。

骗人有诀窍，诱人有门道，这样的声誉会引起别人的嫉妒、嘲讽或鄙视，也会令人钦佩。谁要是被人撞见在吃靠"门道"搞来的东西，就会遭到旁人严厉的指责：这是不知羞耻，很不得体，不光是明显的愚蠢行为。同样，要是总问人家"谁给你的？""你在哪里弄到的？""你是怎么干的？"也是愚蠢和鲁莽的行为。唯有新来的编号很大的囚犯傻乎乎的，像一群没用的笨蛋，一点儿都不懂集中营里的规矩，才会提这些无聊的问题。对这些问题，人们是不会予以回答的，或者以只在集中营里使用的各语种丰富的俚语回答说："滚蛋！""滚一边儿去！"

也有人专门从事复杂又耐心的密探活动，以便分辨谁是民工，谁是民工队长，然后就设法以各种办法把他排挤掉。由此就产生了谁先谁后的无休止的争端，令输掉的一方很不甘心，因为"已经懂得规矩的民工"比一个初次跟我们接触的民工更有利可图，而且毕竟更可靠。一个明显的从感情和技术层面上有更多价值的民工，他已经知晓搞"门路"的根基，了解其规律和所担的风险，此外，他表现出具有超越特权阶层设置的障碍的能力。

事实上，对于民工们来说，我们都是不可接触的贱民。民工们对我们的态度中，都明显带有程度不同的鄙视和怜悯，他们认为我们一定是染指了某种难以启齿的严重罪孽，才会受到惩罚过这样的生活，落到这种地步。他们听着我们用他们听不懂的不同的语言说话，如同听到动物发出的声音那么滑稽可笑；他们看到我们奴颜婢膝，剃着光头，没有尊严，没有姓名，天天挨揍，一天比一天卑劣，而且在我们的眼睛中，从来看不到有一丝或反抗、或安详、或诚信的目光。他们把我们看成不能信任的满身污泥、衣衫褴褛、饥肠辘辘的小偷和歹徒，而且他们还混淆了因果关系，认定我们是活该落得如此卑贱的地步。谁能辨别我们的面目呢？在他们看来，我们是"Kazett"（囚犯），中性的单一个体。

自然，这并不妨碍有时候他们会向我们投掷一块面包或一只土豆，或者在工地上分发完"菜汤"后，把他们的饭盒递给我们刮干净之后再被归还。他们决意这么做，是为了摆脱某些烦人的饥饿的目光，抑或是出于一瞬间的人道主义的冲动，或是出于简单的好奇，想看我们从四面八方跑过去，像牲畜似的毫无克制地相互争抢一口面包，直到最厉害的人把东西吞噬在嘴里，于是其他所有人就一瘸一拐地灰溜溜地走开了。

现在我和洛伦佐之间没有发生过任何这一类的事情。不管确定我的生命为何能在成千上万个相同的人当中能经得住考验有多少意义，我认为，我今天仍能活在人世真就得归功于洛伦佐。不光是因为得到他物质上的帮助，更因为他以他的存在，以他那种如此简单又淡定地做善人的方式，令我经常记住在我们当时那样的生活天地之外，还存在着一个正义的世界，还有某些东西和某些人是纯洁的，完整的，尚未被腐蚀的，并非是野蛮的，是与仇恨和惧怕无关的；还有着一种久违的善，虽然这是某种很难予以定义的东西，为此，我们值得保重自己。

被写进这些篇章里的人物都并不是人。他们的人性已被埋葬，或许是他们自己在遭受他人的凌辱和痛击之下，把它埋葬掉了。歹毒又愚笨的党卫军士兵们，头头们，政治犯们，罪犯们，大大小小的管理人员们，直到无一不是奴隶的囚犯们，这就是德国人按照自己的意愿丧心病狂地建立起来的法西斯党魁的所有等级，荒谬地形成了内部铁板一块的可悲的群体。

但是洛伦佐是一个人。他的人性是纯净的，是未受到玷污的，他是屹立在这消极的世界之外的人。多亏了洛伦佐，使我没有忘却我自己是个人。

1944年10月

我们全力拼搏，使寒冬不至于来临。我们紧紧抓住所有温暖的时光，每次落日时分，我们都竭力让夕阳在空中多停留些时间，但一切都无济于事。昨天傍晚，太阳无可挽回地沉睡在一片污浊的雾霾、烟尘和铁丝网之中，今天早晨已是冬天了。

我们知道这意味着什么，因为我们是去年冬天来这里的，其他人很快会体验到这一点。也就是说，在这几个月的过程中，从十月到四月，我们十个人中会有七个人死去。不死的人也将分分秒秒地受熬煎，天天如此：从早晨黎明之前一直到晚上分发菜汤，为了抵御寒冷，肌肉得始终保持紧张状态，双脚得左右交替跳跃着，胳膊不断拍打着腋下，还得用面包的份额换得手套，得牺牲睡觉的时间缝补脱了线的手套。因为天寒地冻，不能在露天进食，我们得在棚屋里每个人只占一块巴掌大的地面站着进餐，还不许靠在铺位上。所有人手上的伤口都冻得裂口了，而为了能让伤口得到一次包扎，就得在风雪交加的夜晚里在室外站好几个小时。

正如我们挨饿的程度，并非像谁错过一顿饭那样的感觉，同样，我们挨冻的程度也得用一个特别的名词来形容。我们所说的"饥饿"、"劳累"、"惧怕"、"疼痛"，我们所说的"寒冬"，完全是另外一码事。这些是在自己家里享受着或痛苦地活着的自由人创造和使用的自由的语言。倘若集中营延续得更久一些，那么就会产生一种新的苦涩、辛辣的语言。人们会感到需要用那种新的语言来解释什么叫做困苦和劳累：整天在零度以下的刮风天里，身上只穿着衬衣、短裤、上衣和帆布长裤，拖着虚弱的躯体，挨着饿，深知自己的末日就将来临。

*

人们就这样看到希望的泯灭，今天早上冬天就这样来到了。这是我们在走出棚屋去洗漱室的时候发现的：天上没有星星，寒冷黝暗的空气有一种雪的气息。黎明时分，在点名的操场上集合去干活的时候，没有人说话。当我们看到最初的雪花飘舞时，我们想，如果去年这个时候他们对我们说我们还要在这里度过一个冬天的话，我们就会去触摸铁丝电网的；而若我们没有理性，若不是还残存着这种难以言喻的狂妄的希望的话，我们现在也会去触摸铁丝电网的。

因为"冬天"还意味着其他别的。

去年春天，德国人在我们集中营的一片空地上搭建了两个巨大的帐篷。每个帐篷在整个春天的大好季节里，接纳了一千多人；现在帐篷拆了，而两千人都额外地挤在我们的棚屋里；我们早来的囚犯都知道，德国人是不喜欢这种紊乱不堪的状况的，而且很快就会发生什么不测之事，使人数可得以减少。

人们听到该"淘汰"了。"Selekcja"这个混杂着拉丁语和波兰语的词语，人们一次、两次、多次地听到夹杂在外国人的讲话中；开初时人们还分辨不出来，然后这个词不得不引起人们的注意，最后它就总是跟随着我们了。

今天早晨，波兰人说要"淘汰"了。波兰人是最早得知消息的，通常他们是不让消息在营地传开的，因为别人尚不知晓而先得知了什么消息，总是有好处的。当大家都知道马上要淘汰人时，某些人试图躲避"筛选"的极少的机会就让他们给垄断了（用面包或烟叶贿赂某个医生或特殊人员，在准确的时刻从棚屋转到医务室，或从医务室转回棚屋，以便能错开易人一事）。

在接下来的日子里，集中营和工地上都充斥这种"淘汰"的气氛：没有人准确地知道什么，可人人都在议论，甚至我们在干活时偷偷去见的波兰、意大利和法国的自由民工们也在谈论。不能说由此产生了一股灰心丧气的浪潮。我们集体的精神状态太淡定、太迷惑了，谈不上不稳定。与饥饿、寒冷、劳累的抗争，使人很少有思考的余地，虽然这是事关生死的思考。每个人的反应各不相同。不过，几乎没有人采取那些似乎是合乎逻辑的说得过去的态度，因为人都是现实的，也就是说，不是逆来忍受，就是绝望无奈。

谁能事先有所准备，就着手准备；不过很少有人那么做，因为要躲过"淘汰"这一关是很难的，德国人做这些事情是高度严肃和认真的。

谁不能做什么物质上的准备，就寻求其他不同的办法自卫。在厕所里和洗漱室内，我们相互露出胸膛、臀部、大腿，难友们向我们保证说："你放心，肯定轮不到你……成为倒霉的'Muselmann'……我倒是很有可能……"他们脱下裤子，撩起衬衣。

没有人拒绝给别人以这样的施舍：没有人对自己的命运有如此的把握，以致敢去判决他人。我也厚着脸皮地去诓骗韦特海姆老人：我竟然对他说，倘若他们盘问他，得回答自己已有四十五岁了，而且头天晚上别忘了让人剃胡须刮脸，哪怕赔上四分之一的面包；此外，还让他不要胆怯，何况，根本不能确定被淘汰的人是否就是去瓦斯毒气室，您没听寝室长说预先筛选出来的人要去雅沃什诺的休养营吗?

要让韦特海姆抱有希望是荒谬的：他看上去有六十岁了，静脉曲张得很厉害，几乎都感觉不到饥饿了。不过，他仍然平静安详地去铺位躺下了，而且谁向他提问，就按照我说的话回答。这是这几天营地里的口令：我自己也总重复沙吉姆告诉我的这些话，除了一些细节外。沙吉姆到集中营已经三年了，因为他身强力壮，所以他对自己超有信心，我就信他了。

鉴于这脆弱的基础，我以令人难以觉察的平静心态，通过了 1944 年 10 月的大淘汰。当时我很镇静，因为我足够成功地做到了自欺欺人。事实上我没有被淘汰纯属偶然，并不表明我的自信是有十足的根据的。

按说平克特先生也是优先要被淘汰的人：只要看他的眼睛就够了。他向我示意，以一种亲切的神情叫我，对我讲述他所知道的，消息的来源他不能告诉我，他说这次筛选实际上有新的标准：罗马教廷通过国际红十字会……最后，他亲自保证，无论是他还是我，是绝对被排除在危险之外的。大家都知道，他当平民时，曾是比利时驻华沙大使馆的随员。

总之，在"淘汰"前夕的这些天里，不同的讲述方式，好像也是超出人的一切极限一般折磨人，这些日子过得也跟平时没有太多的不一样。

集中营和布纳工厂的纪律没有丝毫的放松，劳动、寒冷和饥饿足以占据我们全部的注意力，毫无空隙。

今天是要工作的星期日：人们一直干到下午一点钟，然后返回营地洗澡、刮胡子、普查疥疮和虱子，我们大家在工地上神秘地得知了，今天将要进行淘汰了。

消息传来了，像通常一样，总是带着一种自相矛盾的猜想和疑点。当天上午在诊所就进行了筛选：淘汰人数是总数的百分之七，病患者中的百分之三十到五十。在比克瑙，焚尸炉的烟囱已经冒了十天烟了。那应该是为从博森犹太人居住区运送来的大批人而安排的。年轻人之间在说，老人们将会被淘汰。健康的人之间在说，只有病人会被淘汰。专业技术人员不在淘汰之列。德国犹太人被排除在外。号码小的囚犯们不会被淘汰。你将会被淘汰，我将不会被淘汰。

下午一点整后，工地上照常空无一人，长长的灰色队伍得花两个小时在两个检查站前面通过，每天都得在那儿清点人数，点了又点，在连续两个小时不停演奏的乐队面前走过，乐队每天演奏的都是进行曲，我们出入营地都得合着进行曲的拍子走。

似乎一切都跟每天一样，厨房像平时那样冒着烟，已经开始分发菜汤。然而这时听到钟声响了，于是人们明白是到时候了。

因为这样的钟声一般总是黎明时响的，就是起床钟。但如果在正午响钟，就意味着要"关闭棚屋"，而这往往发生在进行"筛选"时。没有人能逃脱筛选，而当被淘汰的人前往毒气室时，也没有人看见他们走。

*

我们的寝室长明白他的职责。他确定大家都进屋了，就让人把门锁上，把上面写有编号、姓名、职业、年龄和国籍的卡片分发给每个人，他命令每个人都脱光衣服，就只留下鞋子。我们就这样手里拿着卡片，赤条条地等着检查小组到我们的棚屋。我们是40号棚屋，不过，不能预见筛选是否从1号棚屋开始，还是从60号棚屋开始。不管怎样，我们至少有一个小时可以安心地待着，而且没有理由不到铺位去钻进被窝里暖暖身子。

*

突然传来一阵吆喝、谩骂和敲打声，表明检查小组已经来到，这时很多人已经打瞌睡了。寝室长和他的助手们挥动拳头，大声吼叫着，把这群受惊的赤裸着身子的囚犯从寝室的尽头驱赶到前面，让他们都挤进"休息娱乐室"，那里也是行政办公室。那是一间长七米宽四米的小屋子。当他们把人都赶进去后，所有的人都被压缩成坚实、密集又暖和的一团，所有的角落里都塞满了人，把屋子木质的板壁挤压得吱嘎作响。

现在我们都挤在"娱乐室"内，既没有时间也没有空间去感到害怕。四周被温暖的肉体挤压着，这种奇特的感觉并不令人不快。需要仰着鼻子，以便能呼吸到空气，而且还得小心，别把攥在手里的卡片丢失或弄折了。

寝室长把"娱乐室"和宿舍之间的门关上，并且把"娱乐室"和宿舍通向室外的两道门打开。裁决我们命运的人就站在这两道门前面，他是党卫军的一名士官。寝室长站在他右边，棚屋的事务长站在他左边。我们每个人从"娱乐室"光着身子出来到室外，10月的天气寒冷，得在三个人面前跑着走完两道门之间的几步路，把卡片交给党卫军士官，再进入宿舍的门。党卫军士官就在两个人连续通过的间隔的一秒钟内，用目光扫视一下来者的脸部和背部，就判定了每个人的命运，而党卫军又把卡片交给右边的寝室长或左边的司务长，就这样决定了我们每个人的生和死。在三四分钟内，全棚屋两百多个人就"搞定"了，下午整个营地一万两千人也全部"搞定"。

我夹在"娱乐室"的人肉堆里，感到四周人体的压力放松了，很快就轮到我了。像大家一样，我以强劲的富有弹性的步伐跑了过去，竭力抬头挺胸，绷紧肌肉。我用余光扫视我身后，似乎看到我的卡片交到右边去了。

我们逐渐回到宿舍内，我们可以重新穿上衣服了。没有人能肯定自己的命运，必须首先确定卡片最后是交给了右边还是左边，如今已不是相互关注的时候了，也不谈什么迷信忌讳了，所有的人都挤在最年长的人、最体弱多病的人、和"Muselmann"的周围；如果他们的卡片被交到了左边，那么左边肯定是被判处死亡的人。

还在"筛选"结束之前，大家就已经知道左边实际上是"倒霉的一边"。自然有例外的：比如说雷诺，他这么年轻壮实，却落到去左边了。也许因为他戴着眼镜，也许因为他像近视的人那样，走路时身子有点歪，不过，更有可能是因为一个简单的差错：雷诺只是在我前面从检查小组面前走过，而且两张卡片有可能调换错了。我又想了想，就此事我还跟阿尔贝托讨论过，我们一致认为这种推测似乎是真的：不知明天或往后我会怎么想，反正这种推测确实没有引起我内心任何激动。

类似的差错应该也发生在萨特勒身上了，他是一个粗壮的特兰西瓦尼亚农民，二十天之前他还在自己的家；萨特勒不懂德语，对发生的事情毫不知晓，他正待在一边补自己的衬衣。我得去对他说，他已再也用不着衬衣了吗？

对于出这些差错不用感到惊诧：检查的速度很快又很草率，而且对于集中营的行政管理层来说，重要的并非是淘汰最没有用的人，而是尽快以某种方式按某种预定的百分比腾出空床位来。

我们这个棚屋的筛选已经结束，但是其他棚屋里还在继续进行筛选，所以我们仍然被禁闭在室内。不过，因为盛菜汤的大桶已经到了，寝室长当然决定给大家分发菜汤，被淘汰的人会分到双份饭菜。我始终不明白这是不是室长所表现的一种荒谬的仁慈心，抑或是党卫军一种明确的规定。但确实如此，在被淘汰和出发前往毒气室之间的两三天的间隔中（有时也会更久些），遇难者在莫诺维茨—奥斯维辛集中营里都享有这种特权。

齐格勒伸出饭盒，领到正常的份饭，然后还待在那里等着。"你还想要什么？"寝室长问道：他不知道齐格勒得补一份饭，一把推开他，但齐格勒又回去了，卑微地坚持还要一份：他正是被选入左边的人，大家都看见他了，叫室长去查验卡片——他是有领取双份的权利。当他领到双份的饭菜后，就平静地走到铺位吃起来。

*

现在每个人正专心致志地用勺子刮着饭盒，想把最后剩留在底部的菜汤碎末掏干净，由此发出的一阵金属刮擦的响声，意味着一天结束了。

棚屋渐渐安静下来，于是我从三层的铺位上，看到老库恩在大声祈祷，他头上戴着便帽，剧烈地晃动着上身。库恩感谢上帝，因为他没有被淘汰。

库恩是一个愣头愣脑的人。旁边铺位上的希腊人贝波，他二十岁，明天得去毒气室，而且他知道这点。贝波躺在那里，凝望着电灯泡，一言不发，什么也不想，库恩难道没有看见吗？库恩难道不知道下一次也许会轮到他了吗？库恩难道不明白，今天发生的这种遗臭万年的事情是任何求神的祈祷，任何宽恕，任何罪人的赎罪，总之，是任何人能够做到的事情，都不再能予以补救的吗？

如果我是上帝，我会把库恩的祈祷啐回尘世间。

克劳斯

　　下雨时，人总是恨不得想哭。那是 11 月，已经下了十天雨了，大地如同沼泽地之底。一切木头制作的东西都散发出一股菌类的味道。

　　如果我能向左走十步，那儿有顶棚可以躲雨；我只要有一只袋子，也就足以遮挡肩膀，或者只希望生个火，可以把我身子烘干；抑或哪怕有一块干的破布，可以塞在衬衣和脊梁之间也好。我在一铲一铲地干着活时，这样想着，而且真的相信，倘若有一块干的破布，就确实是很幸福的了。

　　现在我全身已经淋得湿透湿透的了，只是需要尽可能地少活动，尤其是别做新的动作，以免某块皮肤不必要地接触湿透了的冰凉的衣服。

　　幸好今天不刮风。奇怪，某种境遇，尽管是微不足道的境遇，却能使我们驻足停留在绝望的边缘上，让我们活下去，所以人总是觉得自己无论如何是幸运的。下雨，但没刮风。或者，下雨又刮着风，然而你知道今晚轮到你会得到额外的一份饭菜，那么今天你也会找到熬到晚上的力量。或者仍然是下雨刮风，伴随着惯常的饥饿，于是你想倘若你真的该当受此煎熬，倘若你心里仅仅只感到痛苦、烦恼，像有时候那样，好像自己真的躺在了深渊之底，好吧，那么，倘若我们愿意，我们会想到自己随时都可以去触碰通电的铁丝网，或者趴在运营的火车车轮底下，那时候雨也就会停止不下了。

*

今天早晨，一开始我们就叉开双腿站在一条泥沟里，双脚深陷在黏滑的烂泥坑里无法挪动。每铲一揪，就得扭动臀部。我站在泥沟的半中间，克劳斯和科劳斯内尔在泥沟底，古南在我上面，跟地面齐平。唯有古南能够环顾四周，见到有谁从路上经过，就用单音节的声音告知克劳斯得加快节奏，或趁机休息片刻。科劳斯内尔用镐头掘土，克劳斯用铁铲一揪揪地把挖出的淤泥递给我，而我就逐次把泥土揪给上面的古南，然后由古南把泥土堆在一旁。其他人推着独轮小车在来回穿梭，不知把土运往何处去，这跟我们无关，今天这条淤泥沟就是我们的世界。

克劳斯铲土失了手，一团烂泥飞起来，粘在我的双膝上。这不是第一次了，我很没信心地警示克劳斯得小心些：他是匈牙利人，德语说得很蹩脚，法语连一个字也不懂。他瘦高瘦高的，戴着眼镜儿，一张好奇的小脸老歪着。他笑起来像个孩子，可他老爱笑。他干活太多，太花力气，尚未学会我们私下的诀窍：怎么节省力气，怎么少费劲，怎么少活动，甚至怎么少动脑子。他不知道干活太卖力气是会活活累死的，还不如挨点儿揍，因为人一般是不会被揍死的，而且糟糕的是，当人发现自己快被累死时，就为时已晚。他还想……啊，不，可怜的克劳斯，他这并不是在思考，而仅仅是他作为一个小职员的愚蠢的诚实，他把这种诚实也带到这集中营里来了，他觉得自己跟在外面的时候一样，到哪儿干活都得诚实，这是无可非议的，而且是有好处的，因为正像大家所说的，谁干得越多，谁赚得就越多，吃得就越好。

"注意点儿，这个家伙！……干得那么快，傻瓜！"古南从上面用法语咒骂道；尔后，他想起来得翻译成德语说："慢点儿，你这个傻瓜，慢点儿，你懂吗？"克劳斯可以把自己活活累死，如果他认定该这样做的话，但别在今天。今天我们是流水作业，我们干活的节奏取决于他的节奏。

这时，碳化厂的汽笛拉响了，现在英国战俘们下工了，四点半了。然后，将有乌克兰姑娘们走过去，那么就是五点了，我们可以直起腰背，现在就只是返营往回走，点名和检查虱子将会扣掉我们的休息时间。

到集合的时候，人们从四面八方汇集过来，从四面八方爬出一身泥巴的"泥偶"，他们伸伸僵直的四肢，把工具送回棚屋。我们从泥沟里拖出双脚，小心不让淤泥粘住木屐，身上淌着雨水，晃晃悠悠地排列成方阵，合着返营的进行曲节奏走了。三人一排，排成三行。我设法靠近阿尔贝托，今天干活我们没有在一起，我们想互相问问过得怎么样；可是有人朝我胃部推了一下，我就落到后面去了，瞧，正好挨着克劳斯。

现在我们出发了。队长声音生硬地按节拍压着步伐，"左，左，左。"起初，双脚冻得挺疼，后来渐渐地暖和了，神经也舒缓了。今天也是如此，就是今天早晨也是如此，觉得似乎时间是那么不可征服的漫长，我们穿越了所有的分分秒秒的时光，现在那时光湮灭了，而且立刻被遗忘了，那不再是一天的时光，不会在任何人的记忆中留下痕迹。这我们知道，明天将会跟今天一样：也许雨会下得稍微大或者小点，或者也许不是去挖泥巴，而是去碳化厂卸砖头。或许明天也可能战争结束，或者我们所有人都将被杀害，抑或被遣送到其他的集中营去，或者会发生那种重大的变迁，因为集中营自它建成的那天起，就不厌其烦地被人们迫切又肯定地作过各种预测，但又有谁能够严肃认真地思考明天呢？

记忆是一种奇特的工具。自从我进入集中营之后，我很久以前的一位朋友所写的两句诗，一直萦绕在我的脑海里：

> ……最终会有那么一天
> 已毫无意义说什么明天了。

这里就是如此。你们知道集中营里的俚语"永不"是怎么说的吗？我们得说"明天早晨"。

而现在是"左，左，左右左"的时刻，是不能踏错步伐的时刻。克劳斯太笨拙，已经挨了队长的一脚踢，因为他不会排着队走。瞧，他开始用手势比划着，结结巴巴地说着蹩脚的德语，对不起，对不起，他想为他那一锹泥巴向我道歉。他还不明白我们是在哪里，应该说，匈牙利人的确是很特别的。

能跟上步伐，能用德语说一番复杂的话，已经相当不简单了。这次我得提示他，走的步子不合拍，我看了他一眼，我透过掉在眼镜上的雨点儿，见到他的眼睛，那是克劳斯这个人的眼睛。

这时发生了一件重要的事情，值得我现在把它讲述出来，也许为了同样的理由，当时就值得那么做。我对克劳斯说了一大通话：用蹩脚的德语，不过，说得很慢，断断续续的，每说完一句，我就核实一下，看他是否听懂了。

我对他说，我曾梦见过我在自己家里，是我出生的家里，我和全家人围坐在桌旁，双腿伸在桌子底下，桌上放着许多许多吃的东西。那是在夏天，而且是在意大利，在那不勒斯吧？……不错，是在那不勒斯，无须钻牛角尖。就这样，突然门铃响了，我忧心忡忡地站起来，走去开门，会是谁呢？他，就是在眼前的克劳斯·帕利，留着头发，干干净净的，胖胖的，穿着自由人的便服，手里拿着一只大圆面包，足有两公斤重，还热乎着呢。于是，我说："请进来，帕利，你好啊？"我欣喜不已地让他进屋，向家人介绍他是谁，并说他是从布达佩斯来的，还说明为什么他身上这么湿淋淋的：因为他全身湿透了，就跟现在似的。我招待他吃喝，还为他准备一张床让他睡觉，那时已是夜里，不过屋里十分温馨，又暖和，因此我们俩身上都很快干了（是的，因为当时我也全身湿透了）。

克劳斯当平民时一定是个好小伙：他不会在这里活多久的，这一眼就能看出，而且这显得像一种定理似的。很遗憾，我不懂匈牙利语，我见他听后激动得像决了堤的河水，滔滔不绝地说出一大堆古怪的匈牙利语。我只能听懂我的名字，不过从他那庄重的手势看来，他应该是在发誓和祝愿。

可怜的克劳斯真傻，倘若他知道这不是真的话，其实我没有梦见他，对于我来说，他也什么都不是，除了在那短暂的一刻，就像这里的一切似的，什么都不是，这里唯有食不果腹的饥饿，四周的寒冷和阴雨。

"那三个人去实验室"

我们来集中营几个月了？我从医务室出来几个月了？化学考试后几个月过去了？自 10 月份大筛选之后呢？

阿尔贝托和我经常对自己提这些问题，还有很多别的问题。编号是 174000 之后的一行意大利人，我们进来时是九十六个人，只有二十九个存活至 10 月份，这些人中间有八个被淘汰了。现在我们是二十一人，而冬天刚刚开始。我们中间有多少人能够活到新的一年呢？有多少人可以活到春天呢？

好几个星期以来，空袭停止了。11 月的雨水变成了白雪，皑皑的瑞雪遮盖了废墟。德国人和波兰人穿着胶皮大靴子、毛皮耳套和棉工作服来上工，英国战俘则穿着他们精美的毛皮衬里短上衣干活。我们的集中营里除了某些特殊员工，没有发御寒大衣。我们是一个专业人员劳动队，从理论上讲，只在室内工作：因此我们仍然是夏天的装束。

我们是化工专业人员，因此我们干装运苯基内胺盐袋子的活儿。在盛夏，当最初的空袭过后，我们就撤空仓库：铵盐粘在衣服底下出汗的肌体上，像一种虫害似的蜇我们，脸上被灼烧的皮肤像大片鱼鳞似的脱落下来。后来空袭停了，我们又把苯基内胺盐搬回仓库里去。后来仓库被炸了，我们就把盐袋放在苯乙烯车间的地下室里。现在仓库维修好了，就得把铵盐袋子重新堆回仓库去。苯基内胺盐刺鼻的味道渗透在我们身上唯一的衣衫里，那种味道像我们的影子似的，日日夜夜伴随着我们。到现在为止，待在化工队干活的好处仅此而已：别的队领到了大衣，我们没有；别的队扛五十公斤的水泥，我们扛六十公斤的胺盐。对于化学考试以及当时的幻想还能怎么想呢？夏天里至少有四次议论过设在939号工地上的潘维茨博士的实验室，据说可能要在我们中间挑选化验员去聚合车间。

现在全完了，现在都结束了。最后的一幕戏：冬天开始，我们跟冬天作最后的搏斗。白日里我们随时聆听到我们身体传达出的声音，询问我们的四肢，回答只有一个：我们没有足够的力气了。我们四周的一切所谈论的都是崩溃和毁灭。只完工一半的939号工地上堆满了弯曲的金属板和墙皮瓦砾；当初喷着高温蒸汽的巨大管道都变了形斜倒在地上，变成了一根根天蓝色的粗大冰柱子。布纳工厂里现在一片寂静，在顺风时竖起耳朵细听，可以感觉到地下在持续无声地震颤。那是已经临近的前线。从罗兹犹太人居住区来的三百名战俘已抵达了集中营。面对俄国人的挺进，德国人就把他们押送来这里。他们把华沙犹太人传奇式的斗争消息传了过来，他们向我们讲述，早在一年前德国人是怎么清洗卢布林集中营的：四挺机枪架在角落里扫射，棚屋被烧掉，文明世界是永远不会知道这桩血案的。何时会轮到我们呢？

今天早上，队长跟往常一样分派劳动，十个人去氯化镁车间。那十个人拖曳着脚步尽量缓慢地前往，因为氯化镁车间的活儿十分艰苦：整天得把双脚浸泡在冰冷的咸水里，一直没到踝骨，咸水会腐蚀鞋子、衣服和皮肤。队长抓起一块砖头，扔进那人堆里：那些人笨拙地躲避开了，但没有加快步子。而这几乎成了一种惯例，每天早上如此，队长不见得是出于一种明确的害人的意图。

修厕所的四个人负责建一个新的厕所。须知，自从罗兹和特兰西瓦尼亚的人到大集中营后，我们这个队里囚犯的人数实际上已超过了五十人，神秘的德国主管人员授权建"一个有两个坑位的厕所"专供我们化学队部使用。对于这种区别对待的做法，我们并不是无动于衷的，使我们为自己属于为数不多的劳动队而感到庆幸；不过，这样一来，就缺少了最简单的借口怠工了，也没有借口跟平民联络做交易了。"贵人有贵人的做法。"亨利说道，他另有门道。

十二名囚犯去运砖。五名由达姆师傅带走。两名去蓄水池。

有几个缺席？三个。霍莫尔卡今天早晨去医务室了，法布罗昨天死了，弗朗索瓦不知转移到何处去了，也不知为什么。人数核对上了，队长登记好人数，颇为满意。除了特殊人员以外，就剩下我们十八名搬运苯基内胺盐的人了。这时，意想不到的事情发生了。

队长说："潘维茨博士通报给了青年义务劳动军，囚犯中有三名被选中去实验室。编号为169509的布拉克尔，编号为175633的坎德尔，编号为174517的莱维。"霎时间，我的耳朵嗡嗡作响，布纳工厂在我四周转动起来。在90号劳动队部里有三个叫莱维的囚犯，但是编号为174517的莱维就是我，毋庸置疑，我是三个被选中的人之一。

队长以一种愠怒的神色狞笑着打量我们。一个比利时人，一个法国人，一个意大利人：总之，是三个"讲法语的家伙"。恰恰就是三个讲法语的人被选中进入实验室的天堂，这怎么可能呢？

很多难友向我们庆贺，尤其是阿尔贝托，他是由衷的高兴，不带一丝嫉妒。阿尔贝托对于落到我头上的幸运，没有说长道短，他为我喜出望外，一方面是出于友谊，另一方面也因为他也可从中收益：事实上我们已经结成了牢固的联盟，因而每次谁"捞到"的好处都分成完全一样的两份共享。他没有理由嫉妒我，因为他从未指望过进实验室，也从没有过这种念头。流淌在他血脉里的血自由惯了，没有什么事情能使阿尔贝托——我的从来不驯服的朋友顺应某种制度；他的天性本能地把他带到别处，引向其他别的归宿，难以预料的、突发奇想的、崭新的归宿。对于阿尔贝托来说，与其谋个固定的好差事，他更喜欢干一些始料未及的事情，毫不犹豫地情愿为求得"自由职业"而战斗。

*

我的衣兜里有一张青年义务劳动军的证件，上面写着编号174517的囚犯，作为专业技术人员，有权领到新衬衣和新短裤，每星期三得把胡须剃干净。

被空袭炸毁的布纳工厂，像一具庞大的死尸僵直地静躺在寒冬的初雪下。每天空袭警报狂吠。俄国人就在八十公里外。中心发电站停产了。甲醇厂的烟柱也不存在了，四个乙炔储气罐有三个被炸。从波兰东部战场上"寻获"来的战俘零零星星地汇集到集中营里来：少数人去干活，多数人肯定继续前往比克瑙死亡营进焚尸炉。份饭的量又减少了。医务室都挤爆了，新来的犹太人把猩红热、白喉和斑疹伤寒都带进营地。

然而，编号为 174517 的囚犯却晋升为专业技术人员，具有换新衬衣和短裤的权利，每星期三都得剃胡须。没有人可以自称是理解德国人的。

*

我们满心疑虑怯生生地走进实验室，像三头迷失了方向的猛兽闯入了一座城市。室内的地板好光滑干净啊！一间与其他任何一间实验室出奇类似的实验室。三排长长的工作台上放满了几百种熟悉的器皿。玻璃器皿在一个角落里滴漏着液体，检验的磅秤，一台赫罗伊斯炉，一支赫普勒尔温度表。迎面袭来的气味令我像挨了鞭笞似的惊跳起来：那是有机化学实验室里微微的清香味。霎时间，一种强烈的冲动令我想起意大利暖和的 5 月，那是上大学四年级时，在半明半暗的大学礼堂里，可是这种回忆瞬间即逝。

赫尔·斯塔维诺加给我们分配了工作。斯塔维诺加是一个德国-波兰人，还相当年轻，刚毅的面容上流露出些许忧伤和疲惫。他也是博士：不是化学博士，而是（别去弄明白究竟）语言学博士；不过，他就是实验室的头头。他不太情愿跟我们说话，但看上去也并不是不支持我们，他称我们是"先生"，这显得挺可笑，也令人困惑。

实验室的温度宜人惬意：温度计显示是二十四度。我们心想，他们也可能会让我们清洗玻璃器皿，或者打扫地板，或者搬运氧气筒，只要能待在这里，让我们干什么都行。而且对我们来说，过冬的问题就迎刃而解了。然后，第二个考验——饥饿的问题也应该不难解决了。每天出去难道他们真的都得搜我们身吗？即便是这样，那每次我们要上厕所去怎么办？显然不会如此。这里有的是肥皂、汽油和酒精。我在上衣里缝了一个暗兜，我可以跟在工厂干活做汽油交易的英国人配合。我们得观察一番这里的监视有多严密：不过我在集中营已经一年了，而且我知道如果一个人想偷，并且下决心真干的话，就不存在什么监视，搜身与否也阻挡不了他行窃的。

总之，走上了令人意想不到之路，命运似乎就如此决定了，使我们三个人居然成为一万名囚犯所嫉羡的对象。今年冬天我们就不会挨冻受饿了。这就意味着，有极大的可能不会患上重病，免受冻伤之苦，躲过筛选这一劫。关于集中营的事情，不如我们之中有经验的人士们，他们对于能存活下去、重获自由还总是抱有希望。我们没有，我们知道这些事情是怎样进行的：一切都是命运的恩赐。既然如此，就应该尽最大可能尽快去享受：而明天会怎样，就不得而知了。如若我打碎一只玻璃器皿，测量中出了第一次差错，或者第一次疏忽大意了，我都将回到风雪之中去遭受折磨，直到我也得准备前往焚尸炉。何况，谁能够知道，俄国人来了之后又会发生什么情况呢？

因为俄国人就要来了。我们脚下的大地日夜在震颤，隆隆的炮声不断沉闷地响彻在空寂的布纳工厂内。人们感觉到空气里的紧张，一种变更的氛围。波兰人已不再干活了，法国人重又昂首阔步。英国人跟我们挤眉弄眼，悄悄地用食指和中指做出 V 字与我们打招呼，而且并不再偷着那样做了。

然而，德国人是瞎子，是聋子，他们固执地把自己封闭在狭小的甲壳里，充耳不闻，视而不见。他们又一次确定了开工生产橡胶的日子：将在 1945 年 2 月 1 日那一天。他们挖防空洞，修战壕，修复损毁的建筑物。他们仍在建造、战斗、指挥、组织，也还在杀人。要不然，他们能干什么呢？他们是德国人：他们的行为并非是经过谋划和决策的，而是出于他们的本性，出于为自己选定的命运。他们别无选择：如果一个濒死的人身体受了伤，尽管整个身躯一天之后就要死去，伤口却依然会开始结疤。

＊

现在，每天早晨在分配劳动队时，队长先把我们去实验室的三个人从其他人中间叫出来，"他们三个去实验室"。早上和晚上，在营地里我与大伙儿没有任何区别，但在白天干活时，我在室内，待在暖和的地方，而且没有人揍我。我不冒多大风险就可偷得肥皂和汽油，而且我也许会有一张奖券，可用来换得一双皮鞋。另外，我这叫干活吗？干活应该是推车厢，扛钢梁，砸石块，铲泥巴，赤手抓着冰冷的铁条发抖。而我却整天坐着，拿着一本笔记本和铅笔，他们甚至还给我一本书，让我重新复习分析法。我有一只抽屉，里面可以放帽子和手套，我想出去时，只须通知海尔·斯塔维诺加即可，他从来不会说不行。而且我迟到了，他也不问什么。他神情忧郁，沉浸在对他四周所遭受的毁灭的痛苦之中。

劳动队的难友们嫉羡我，他们有理由，莫非我不该对自己说我为此感到高兴吗？然而，早晨我一旦避开了狂风的吹刮，迈步进入实验室的门槛时，脑海里就浮现出在旅途休歇期间曾时刻守在我身旁的女难友，在医务室时的情景，星期日休息的情景。回忆往事的痛苦，像一条狗似的瞬间扑向我，昔日里感到自己是个男子汉那种撕心裂肺之痛向我袭来，令我的良知在一瞬间走出黑暗。于是我拿起本子和铅笔，写下了我不能向任何人倾诉的那一切。

然后，还有女人们。我有几个月没见过一个女人啦？乌克兰姑娘和波兰姑娘在布纳工厂并不少见，她们穿着长裤和皮夹克，跟她们的男人一样身高马大，粗壮又强悍。夏天她们满头大汗，蓬头散发的，冬天穿着厚厚的棉服；她们也使用镐头和铁铲，令人感觉不到在身边干活的是女人们。

在这里不一样。面对实验室里的姑娘们，我们三个人深陷羞愧和困惑之中。我们知道自己是什么模样：我们相互见到对方，有时候我们会偶然在一块擦干净的玻璃跟前照见自己。我们那个样子可笑又可憎。我们的脑袋星期一是剃光的，到星期六覆盖着一层苔藓似的褐色短发；我们的脸又黄又肿，给我们匆忙刮脸的理发员还经常在上面划下刀痕，而且常常留有青紫色肿块和溃烂的疮口；我们长长的脖子加上喉结，活像褪光毛的小鸡。我们衣衫褴褛，肮脏不堪，沾满了泥巴、血迹和油垢；布拉康德的男裤到他的小腿一半那么长，露出瘦削多毛的脚踝；我的上衣从双肩耷拉下来，像是挂在木头衣架上似的。我们满身的虱子，经常有失体面地挠痒痒。我们不得不卑微地频频要求上厕所。我们脚上穿着经常粘上好几层泥巴和油垢的木屐，走起路来令人难以忍受地吱嘎作响。

后来我们对自己身上的气味习以为常了，可姑娘们并不习惯，她们不失时机地表示嫌弃我们。那不是一般的没有洗干净的味道，而是因犯身上的那种酸臭味，我们一到集中营，那股味道就迎面而来，从营地的宿舍、厨房、洗衣房、厕所散发出来，待在里面的人很快就沾上了这种味道，而且从此难以消除。"这么年纪轻轻的，身上就已经发臭了！"她们就这样数落我们这些新来的人。

对于我们来说，这些姑娘都是超凡的。其中三个是德国人，加上那个波兰的仓库保管员弗劳勒因·利克茨巴，还有女秘书弗劳·迈尔。她们的皮肤光滑，呈玫瑰色，穿着干净暖和的五颜六色的花衣服，金黄色的长发梳得整整齐齐。她们谈吐高雅，神情端庄，可她们非但没有把实验室收拾得干干净净、有条不紊，反而还在角落里抽烟，当众吃着面包片加果酱，她们修剪指甲，打碎玻璃器皿，然后还怪罪于我们，她们扫地时都扫到我们的脚面上来了。当我们苍白无力，肮脏不堪，踩着勉强能稳住步子的木屐，拖曳着脚步走进实验室时，她们不跟我们说话，对我们嗤之以鼻。有一次，我向女保管员弗劳勒因·利克茨巴问一件事，她不回答我，一脸的厌烦，转身去跟斯塔维诺加很快说了些什么。我没有听懂她说的句子，但是"臭犹太人"这个词我听得很清楚，我全身的血脉都紧绷起来。斯塔维诺加对我说，任何有关工作的事情，我们应该直接去问他。

就像世上所有实验室里的姑娘一样，这些姑娘也爱唱歌，而这是令我们感到极其难过的事情。她们总在一起聊天：议论定量配给，谈论她们的未婚夫和她们的家，谈论临近的节日……

"星期日你回家吗？我可不回去，路途那么不舒服！"

"我圣诞节回去。就两个礼拜了，又是圣诞节了：好像不是真的。今年过得真快啊！"

……今年过得真快。去年这个时候，我还是自由人，是不法的"土匪"，但是自由人。我有名有姓，有一个家，有求知欲，生性不安分，动作敏捷，身体健康。当初我想到很多遥远的事情：我的工作，战争结束，善与恶，事物的本性，主宰人类行为的准则，还想到山脉，想到歌唱，爱情，音乐和诗歌。当时我对命运的仁慈有一种强烈的、根深蒂固的、愚蠢的信赖，杀人和死亡对我来说是陌生的、写在书上的东西。我过的日子有快乐的，也有忧伤的，不过，我都怀念它们，都是那么充实而又积极。未来就像是一笔巨大的财富展现在我面前。我之前的生命剩下的东西，在今天只够我忍受饥饿和寒冷了；我都没有力气让自己自生自灭。

如果我的德语讲得更好些，我可以试着把这一切说给女秘书弗劳·迈尔听。不过她不会明白，或者她如果足够聪明善良，可以听懂，也不会容我接近她，她会躲开我，如同避免跟一个患有不治之症的病人和死刑犯接触一样。或者，也许她会送我一张奖券，能换得半升平民喝的菜汤。

今年过得真快。

最后一名

临近圣诞节。阿尔贝托和我肩并肩地走在灰色的长长的列队中，我们朝前弓着身子，以便能更好地顶着风行走。已经入夜了，还下着雪。不容易站稳脚跟，要让步伐跟上音乐的节奏走整齐就更难了。不时地有人在我们前面跌倒，在黑色的泥浆中滚爬，所以得小心绕开跌倒的人，跟上队伍，回到我们的位置上。

打从我到实验室工作起，阿尔贝托和我就分开干活了，在回来的路上，我们总有许多话要相互诉说。通常我们不谈论那些很不平凡的事情：我们谈到劳动，难友们，面包，严寒。不过一星期以来，有一些新的情况：洛伦佐每天晚上给我们捎来三四公升意大利民工的菜汤。为了解决运送的问题，我们得搞到一种大饭盒，就是一种镀锌的等外品，与其说它是饭盒，不如说它是一只小桶。是白铁匠西尔贝鲁斯特用三份面包换来的两节水槽制作而成的：这是一种绝妙的容器，结实而且容量大，外表颇具新石器时代器皿的特色。

整个营地上只有几名希腊人才有比我们更大的饭桶。除了盛食物方便以外，这种饭桶还显然改善了我们的社会地位。我们的饭桶像是高贵身份的一份证书，是一种纹章的符号：亨利正在成为我们的朋友，开始跟我们平等地说话；阿尔弗雷德总用一种父辈式的口吻迁就我们；至于埃利亚斯，总是不断地纠缠我们，一方面他一再地窥视我们，想发现我们"门道"的秘密，另一方面又令人费解地声明，以示支持和关切。埃利亚斯说着不知从哪里学来的不伦不类的意大利语和法语，嘴里骂骂咧咧、絮絮叨叨地说着惊人的污言秽语，显然是为了恭维我们。

从道德层面上，对于新出现的局面，我和阿尔贝托都一致认为没有什么可以值得自豪的：可是给自己找到自豪的理由是多么容易啊！何况，我们有新鲜事物可以谈论这件事本身，并不是一种可以忽视的有利条件。

我们谈论我们得购进第二只饭桶的打算，以便轮换着使用，那样每天只须去工地偏远的一个角落跑一趟就够了，现在洛伦佐就在那里干活。我们就说到洛伦佐，说到如何报答他。如果我们能再回来，是的，肯定的，我们会尽我们所能为他做一切。不过，我们谈这些有什么用呢？无论是他还是我们，我们都深知自己是很难回来的。必须得立刻就做些什么：我们可以试着让他去修鞋，在我们集中营里的鞋铺，在那儿修鞋是免费的（看起来似乎是个悖论，但官方规定，死亡营里的一切都是免费的）。阿尔贝托想试试：他是鞋匠头头的朋友，也许给他几升菜汤就足够了。

我们说起我们最新的三项伟业，我们一致惋惜地认为，出于职业上保守秘密的需要，不提倡公开地四处张扬。遗憾的是，我们个人的声望却会因此大有提升。

第一项是我的绝招。我得知在44号棚屋的室长缺少笤帚，我就在工地上偷了一把。至此没什么特别的意外，问题是如何在收工回营地的路上偷着把它弄回去，我以一种自认为闻所未闻的方式解决了，我把偷来的笤帚拆成高粱秆扫把头和木头柄，又把笤帚柄锯成两段，还把不同的零件分别

（把两截笤帚柄系在腰上，藏在长裤腿里）带回集中营，然后在营地上再拼装好。为此我得找一块金属片，锤子和钉子，把两截木柄接起来，只花了四天完成全部转运任务。

与我所担心的恰恰相反，订货者不仅没有贬低我偷得的笤帚的价值，还把它当作一件奇货展示给他的不少朋友看，那些朋友还向我又正式预订了两把跟它"一模一样"的笤帚。

阿尔贝托另有其妙招。首先他策划了"锉刀行动"，而且已经成功地完成过两次。阿尔贝托到存放工具的仓库去借一把锉刀，他从中选了一把最厚的。仓库管理员在登记册上他的编号旁边写上了"一把锉刀"，阿尔贝托就走了。他一溜烟地跑到一个可靠的平民那里（一个十足的痞子，特里亚斯特人，狡猾透顶，他帮阿尔贝托的忙，主要是喜欢耍心机，而不是为了捞好处或是出于慈悲心），他在市场上可以轻易地用一把厚锉刀换得同样或略低价值的两把小锉刀。阿尔贝托把"一把锉刀"还给仓库，把另一把锉刀卖了。

这几天他圆满完成了他的杰作，一项大胆的、新的伟业，干得特别漂亮。要知道，几周以来，阿尔贝托接受了一件特别的差使：早上在工地上头头交给他一桶钳子、改锥以及好几百各种颜色的赛璐珞小牌子，他须把不同的牌子分别用专门的小牌子贴在不计其数的管道上，以示区别：冷水管、热水管、蒸汽管、压缩空气管、瓦斯管、柴油管以及空管道等，它们沿着各个方向流经聚合车间。另外须知（而这似乎与此无关，但是人的才智不就是在表面看来也许丝毫不相干的想法中找到或建立关系吗），对于我们囚犯来说洗淋浴是一件相当令人不舒服的事情，理由很多（水不是又少又凉，就是热得烫人，没有更衣室，我们没有浴巾，没有肥皂，在不得不离开没有人看管衣物时，很容易被人偷走东西）。因为淋浴是强制性的，头头们本应该建立一种检查制度，谁逃避淋浴得加以处分才是，何况，一个棚屋室长的亲信站在浴室门口，像波吕斐摩斯①似的在出来的人身上摸一摸，看他是否洗过澡；谁身上是湿的，就发一张小纸条，谁身上是干的，就得挨五下鞭子。只要凭这张小纸条，第二天早晨就可以领取面包。

阿尔贝托的注意力就盯在小条子上。那只不过是一般的可怜的小纸条而已，交还时湿湿的，揉得皱巴巴的，难以辨认。阿尔贝托了解德国人，而这些室长全都是德国人、或是具有德国人作派的人，他们喜欢整齐，讲究规矩，遵守官僚制度。另外，尽管他们是一些好打人，性格暴戾，易动怒的粗鲁人，但是对色彩鲜艳的闪闪发光的东西，却怀有一种童心幼稚的喜好。

主题就如此确定了，事情进展得十分出色。阿尔贝托不间断地把同一种颜色的赛璐璐小牌子偷出来；每一个牌子可以做成三个小圆块（需要一只开瓶器，是我从实验室替他搞来的）；攒足了两百个小圆块，就够一个棚屋的人使用了，他找棚屋的室长，奉献上他的"特产"，换得了十份面包的疯狂报价，分期付清，买主欣然接受。现在阿尔贝托拥有一种奇特的时尚产品，可以满有把握地奉献给所有的棚屋，一个棚屋一种颜色（没有室长愿意让人视作是吝啬鬼，或者是因

① 波吕斐摩斯（Polyphemus），希腊神话中的独目巨人，他和羊群同住在山洞。尤利西斯和12个伙伴在漂泊期间居住独眼巨人的山洞里，他用巨石堵住洞口，吞噬了6个人。尤里西斯在巨人询问其名字时说自己叫"谁也没"，尔后用酒把他灌醉，用火烫瞎了他余下的一只眼睛。

循守旧的人）。而更重要的是，不必担心有竞争者，因为唯有阿尔贝托才能搞到原材料。这难道不是经过深思熟虑的吗？

*

我们是在跌进一个个泥坑里时、在满天乌云下、在泥泞的路上谈论到这些事情的。我们边谈边走。我手里拿着两只空饭盒，阿尔贝托提着装满菜汤的温馨的饭桶。又一次奏响进行曲，"脱帽"的仪式，在党卫军士兵面前一下把帽子摘下来。又一次重复"劳动使人自由"之后，头头宣布说：98 号棚屋，六十二名囚犯，全部到齐。不过队伍没有解散，他们让我们一直行进到点名的操场上。还要点名吗？不是点名。我们看到了灯塔无情的灯光和熟悉的绞刑架的侧影。

劳动的队伍继续拖曳着木屐，在冰天雪地里发出嘈杂的吱嘎声，又走了一个多小时。后来当所有的劳动队伍都返回后，军乐队突然沉默，一个德国人用嘶哑的声音命令大家安静。在瞬间的寂静中，又响起另一个德国人的声音，黑漆漆的天色下，在充满敌意的氛围中，他气势汹汹地做了一番长篇讲话。最后被判处死刑的囚犯被带到灯塔的光束中。

这一切场面，这残暴的仪式，对我们来说并不新鲜。自从我来到集中营后，应该已经目睹了十三名死囚犯被当众绞死。不过其他几次都涉及普通的犯罪，厨房行窃，搞破坏活动，企图逃跑。今天涉及另一种罪行。

上个月比克瑙的一座焚尸炉被炸了。我们之中没人知道（也许永远不会有人知道），这究竟是怎么干的：听说是负责毒气室和焚尸炉的劳动队的人干的，他们本身也会定期被处死，并且与营地的其他部门之间实施严格的隔离。实际上，在比克瑙有几百人跟我们一样是手无寸铁，疲惫不堪的人，他们发挥了自身的行动力量，把他们的仇恨孕育成复仇之果。

今天将要死在我们眼前的人以某种方式参加了起义。听说他与比克瑙的起义者有联系，把武器带进了我们的集中营，他正密谋在我们中间也同时发动一次暴乱。今天他将在我们面前死去：可德国人也许不懂得，预先判决一个人去死，让他独自走向死亡，这给他带来的将是荣光，而不是耻辱。

德国人讲完谁也没有听懂的那番话以后，重又响起刚才那嘶哑的声音：你们听明白了吗？

有谁回答说"是"吗？人人都回答，也就是没有人回答：仿佛我们该诅咒的那种忍耐自动变成了现实，形成了集体的声音萦绕在我们的上方。但是人人都听见了将要死的人的叫喊，那喊声穿越了那些由惰性和屈从组成的屏障，震撼着我们每个人鲜活的心。

"难友们，我是最后一名了！"

我是多么希望自己能告诉人们，在我们这些可怜的顺服者中间，当场发出了一种声音，一阵低语，一种赞许的表示。可是什么也没有发生。我们弓着身子，一身灰色，耷拉着脑袋站在那里，德国人下了命令后我们才脱去帽子。绞刑架下的活板打开了，那人的身躯痛苦地扭动一下。军乐团又演奏起来，我们重又列成纵队，从还在最后颤动着的死者跟前经过。

绞刑架底下的党卫军以麻木不仁的目光望着我们通过：他们把事情办完了，办得相当好。俄国人现在可以来了：我们中间再也没有强者了，最后一名强者现在就悬挂在我们的头顶上方，而对于其他人来说，只要有几根绞索就足矣。俄国人可以来了：他们发现的将只是已被制服的我们，已毫无生命力的我们，如今只配束手无策地等待死亡来临。

毁灭人是困难的，几乎跟创造人一样困难：那不是轻易能做到的，也不是短时间内能完成的，但是德国人，你们做到了。我们驯服地在你们的眼皮底下：你们没有什么可惧怕我们的，没有造反的举动，没有挑衅的言语，连一种审判的目光都没有。

*

阿尔贝托和我回到棚屋，我们无法面对彼此。那个被绞死的人应该是刚毅的人，应该是由一种不同于我们的特殊材料制成的人，连这样的处境都无法令他屈服，可我们却让这样的环境给毁了。

因为我们被毁了，被征服了：尽管我们学会了适应，尽管我们终于学会了寻找食物，学会如何承受劳累，抵御寒冷，尽管我们将返回家乡。

我们把大饭盒聚到铺位上，分发了菜汤，我们满足了每天疯狂的饥饿需求，可现在我们却感觉到羞愧不已。

十天的遭遇

　　几个月以来，我们一直听到俄国人的大炮时断时续的轰鸣。1945 年 1 月 11 日，我得了猩红热，再次住进了"医务室"。"传染病隔离室"就是一间小房间，的确相当干净，有十个双层铺位，一个衣柜，三张凳子，一只带桶的便池。长五米，宽三米。

　　要爬上层铺位很不方便，没有梯子。因此，当一个病患者病情加重时，就被转到下面的铺位。

　　我是第十三个进医务室的人。其他十二个人中，四个患猩红热，其中两个是法国"政治犯"，两个匈牙利籍犹太小伙子；然后还有三个白喉患者；两个斑疹伤寒患者；还有一个面部感染了可怕的丹毒。剩下的两个人不止患了一种病，身体特别虚弱。

　　我发着高烧很幸运地独自占有一个铺位。我颇感慰藉地躺下了。我知道自己有四十天的隔离期，也就是能休息四十天，而且我认为自己保养得不错，所以我既不怕猩红热会产生的后遗症，也不用担心会被淘汰掉。

　　多亏我对集中营的生活有长期的经验，我成功地带上了我个人所需要的用品：用电线编织的腰带；带刀子的汤勺；一根缝衣针和三根线；五颗纽扣；最后是十八块打火石，那是我从实验室里偷来的。用小刀耐心地切割磨薄，一块打火石可以变成三颗直径适合用于普通打火机上的小打火石。它们的估值是六七份面包。

我度过了四天平静的时光。外面下着雪，天气很冷，不过，棚屋里有暖气。我接受服用大剂量的硫胺剂，我感到特别恶心，勉强能吃东西。我不想与别人搭话。

两个患有猩红热的法国人和蔼可亲。他们是孚日山区的外省人，进集中营没有几天，是跟着一大批老百姓一起来的，他们是被德国人从罗雷纳撤退时掳掠来的。年岁最大的叫阿尔图尔，是个瘦小的农民；另一个与他合一个铺位的人叫夏雷，是学校的老师，三十二岁。他没穿衬衣，他被分到一件短得可笑的夏天穿的背心。

第五天，理发师来了。他是个萨洛尼科的希腊人，只会讲他老家的一口地道的西班牙语。不过，集中营里用的所有的语言，他都能听懂几个字。他叫阿斯克纳茨，在集中营快三年了。

我不知道他是怎么得到医务室"理发师"职务的：实际上，他既不会说德语，也不会波兰语，而且他不是一个过分粗鲁的人。我在他进来之前，听到他在走廊里跟医生激动地说了好久，医生是他的同胞。我觉得他的表情异乎寻常，但是因为地中海东部人的表情与我们不相同，我没有明白他是害怕，或者是高兴，或者是激动。他认识我，抑或是他至少知道我是意大利人。

当轮到我理发时，我麻利地从铺位下来。我用意大利语问他是否有什么新情况，他停下来不刮了，以一种庄重而又影射的方式，向我眨巴一下眼睛，用下巴指指窗口，然后伸手朝西方用力挥了挥。

"明天，集中营要撤了。"

他睁大眼睛看了看我，好像期待我会做出惊诧的表情似的，然后又补充说："全部，全部。"便又接着干他的活。他知道我有打火石，因此替我刮胡须很悉心。

消息并没有直接让我内心有多么激动。好几个月以来，我不再感觉到什么痛苦、快乐和惧怕了，而是以集中营里的那种与世隔绝、远离尘世的方式作出反应，人们可以把它称作条件式反应。我想，如果现在我还有以往那样的敏感，这将会是一种令人极其激动的时刻。

当时我的头脑十分清醒：阿尔贝托和我在很长时间以来都预料过，随着营地的撤离和解放时刻的到来，我们会面临的危险。何况阿斯克纳茨带来的消息，只是证实了好些天来已经流传着的一种说法：俄国人已经抵达位于北面一百公里的泽斯托霍瓦，他们也到达南面一百公里之外的扎科帕内，而布纳工厂内的德国人已经准备好爆炸的地雷。

我一一望着室友们的脸，显然不打算跟他们之中的任何一个人谈论此事。他们也许会回答我说："那又怎样？"一切都将在那里结束。法国人不一样，他们还感到挺新鲜。

"你们知道吗？"我对他们说，"明天集中营要撤空了。"

他们就劈头盖脑地问我："撤往哪里去？是步行去吗？……病号也离开吗？那些不能行走的人呢？"他们知道我是早就进集中营的人，而且我懂德语，他们得出的结论就是，对这个论题，我知道的远比我想承认的多得多。

我不知道别的，我对他们这么说，可他们还是继续提问。真烦人。不过，确实是这样，他们来集中营才几个星期，他们还没有学会，在集中营里人们是不会提问题的。

*

下午，希腊医生来了。他说，集中营会为所有那些能行走的病号提供鞋子和衣服，第二天这些人就跟健康人一起出发，行军二十公里。其余的人跟从轻病号中挑选出来的护理人员留下。

医生显得出奇的兴奋，跟喝醉了酒似的。我认识他，他是个有文化修养的人，挺聪明，又自私精明。他还说，所有的人都不加区分地将会领到三份面包，为此，病号们喜出望外。我们就德国人会怎么发落我们一事向他提问。他回答说，德国人很可能会抛弃我们，听凭命运安排。不，他不相信他们会把我们都杀了。他没有竭力掩饰他自己相反的想法，他那么兴奋的本身是令人寻味的。

他已经全部装备好要出发了。他一出去，两个匈牙利小伙子就激动地相互交谈起来。他们已休养了很长时间，不过还相当虚弱。人们明白，他们是害怕跟病号留下来，他们决定跟健康的人一起走。这并不牵涉到是否考虑周全：要不是我感到自己那么虚弱，很有可能我也会本能地随着众人走的。恐惧的心理是很有传染性的，害怕的人首先想到的就是逃跑。

棚屋外的整个营地处于异乎寻常的躁动之中。两个匈牙利小伙子中的一个，站起身来出去了。半个小时之后，他捎回一堆肮脏的旧衣烂衫。他大概是从仓库中那些待消毒处理的衣物中搞来的。他和其同伴急匆匆地往身上套了一件又一件的破衣烂衫，看得出他们是想在既成事实面前，趁自己还未被吓破胆之前，早些准备就绪。像他们那样虚弱的身子，即使只走一个小时也是很困难的，更何况还下着雪，穿着在最后一刻找来的那双破鞋。看着他们还这么手忙脚乱的，着实令人匪夷所思。我试图向他们解释，但他们看了看我，没有回答。他们的眼睛如同受到惊吓的野兽。

我头脑里仅仅一瞬间闪过这种想法：也许他们有他们的理由。他们十分费劲地走出去了，我从窗口看见他们，晃晃悠悠地行走在外面的黑夜之中，活像是两具走了形的皮囊。他们再也没有回来过。很久以后，我得知他们因为不能跟上队伍行走，行军后没几个小时，就被党卫军击毙了。

我显然也需要一双鞋。尽管要克服恶心、发烧和软弱无力的症状，也许得一个小时。我在走廊里找到了一双（是健康人打劫出院病人上交给存放处的鞋子，他们拿走了最好的。质量次的、脱底的、不成对的鞋子，统统都被扔在四处角落里）。就在那里，我遇上了科斯曼，一个阿尔萨斯人，他还是平民时，曾是路透社派往克莱蒙-费兰特的常驻记者。他也很激动很兴奋。他说："倘若你比我先回国，你写信给梅茨市的市长，告诉他我就要回国了。"

科斯曼在集中营里认识特权人员中一些有名望的人，因此他的乐观主义情绪是个好征兆，我正好用它的乐观来证实自己的无所作为。我把鞋子藏了起来，回到自己的铺位上。

深夜，医生又来了，肩上背着一只袋子和一顶登山帽。他往我的铺位上扔了一本法国小说："意大利人，你拿去读吧。我们再次见面时你还给我。"至今我对他的这句话还耿耿于怀。当时他其实知道我们都是被判处死刑的人了。

阿尔贝托终于来了，他违反禁令，从窗口向我告别。他与我一直是形影不离的：我们是"两个意大利人"，外国难友们当初甚至把我们的名字都搞混了。六个月来我们一直合着一个铺位睡，共享每一刻额外"搞到"的食物。不过，他儿时就得过猩红热，所以我没有把病传染给他。因此，他走了，我留下。我们相互道别，无需很多的言辞，很多事情我们已经无数次地交谈过。我们不相信会分开很久。他找到了一双相当不错的大皮鞋：他是那种能很快找到自己所需之物的人。

跟所有整装待发的人一样，他也挺高兴，并也有信心。这是可以理解的：某些新的重大的变更正在发生。他终于感到周围有一种力量，那不是德国的力量，他切切实实地听到了我们那个可诅咒的世界正在吱嘎作响，快要分崩离析。或者，至少那些健康人是听到了，尽管他们又饿又累，但他们还能够行动；但谁要是身体太虚弱，或者赤身裸体，或者光着脚板，都会以另一种方式去思索和感受，主宰着我们的头脑就是，我们麻木地感到自己完全束手无策，无奈地任凭命运的主宰，这是无可争辩的现实。

所有健康的人（除去有些人在最后一刻听从了他人的劝说，脱光了衣服，钻进了医务室的某个床位里）都在1945年1月18日夜里出发了。应该差不多有两万多人，他们来自各个不同的集中营。可是在撤离的行军途中，几乎全部都死了：阿尔贝托就是其中一个。也许有朝一日有人会书写他们的经历。

我们带着疾病，孤独地留在铺位上，我们的无助无奈胜过我们的恐惧。

整个医务室里大概有八百人。我们的房间里剩下十一个人，每个人一个铺位，除了夏尔和阿尔图尔，他们俩合睡一个铺位。集中营庞大机器的节奏停歇了，我们就这样开始了十天超越尘世、超越时间的日子。

*

1 月 18 日。在集中营撤离的那天夜里，营地的厨房仍然在运转，而且第二天早晨医务室还最后一次分发了菜汤。供暖中心的设备被废弃了。棚屋里还存有一点儿热气，但随着每一个时辰的流逝，温度在逐渐下降。大家心里明白，很快我们就得挨冻了。室外的温度至少达零下二十度。大部分病号只有衬衣，有些人连衬衣都没有。

没有人知道我们的处境。有几名党卫军士兵留了下来，有几座瞭望塔上还有守卫。

将近中午时，一名党卫军的上士在棚屋之间巡视。他为每个棚屋任命了一位室长，从留下的非犹太人中间选出，他吩咐立马搞出一个病号花名册，区分开犹太人和非犹太人。事情似乎很清楚了。没有人感到惊诧，德国人直到最后一刻居然还热衷于种族的分类，没有一个犹太人再认真地想过自己能活到第二天。

两个法国人不明白，他们是害怕了。我很不情愿地给他们翻译了党卫军说的话。他们竟然害怕了，我觉得很恼怒：他们在集中营里还没有一个月，几乎没有挨过饿，他们又不是犹太人，他们却害怕了。

又分发了一次面包。我读着医生留给我的那本法国小说，度过了下午的时光：小说很有意思，现在我还能离奇地确切记得其内容。我还到旁边的病室去了一趟，寻找被子：很多病人都被安排搬出了那个痢疾病房，他们的被子闲着没人用，我拿走了几条相当暖和的被子。

当阿尔图尔知道我是从痢疾病室拿来的被子，就皱了皱鼻子："这压根儿就用不着说了。"被子上确实有污渍。我想不管怎样，反正这是意料之中的，还是先盖得暖和些好好地睡一觉。

夜晚很快来临了，但电灯还亮着。我们平静又害怕地看到一个端着枪的党卫军守在棚屋的一角。我不想说话，也不感到惧怕，不然，就是以我上面说过的那种局外人的方式作出条件式的反应。我继续读我的小说，直至深夜。

没有钟表，不过应该已是夜里十一点了，这时所有的灯都熄灭了，瞭望塔上的探照灯也不亮了。可以看到远处照明弹的光束。天空绽放出一串强光，一动不动地停留在那里，持续冷峻地照亮大地。耳边能听到飞机的隆隆声。

然后就开始了轰炸。这已经不是新鲜事了，我起床下地，光着脚穿上了鞋，期待着。

好像在远处，也许就在奥斯维辛上空。

可就在这时，附近响起一声爆炸，而且还未来得及回过神来，接着又是第二、第三次爆炸，声响震耳。只听见玻璃的碎裂声，棚屋在剧烈摇晃，我插在木板壁接缝处的汤勺掉落在地上。

而后似乎结束了。卡涅奥拉第，一个年轻的农民，也是孚日山区的人，大概以往从未见过空袭，他光着身子从床上出来，蜷缩在一个角落里大声吼叫。

没过几分钟后，营地显然是被炸弹击中了。两排木板房猛烈起火，另外两排被炸得粉碎，不过那几排棚屋都是空的。从一所遭受大火侵袭的棚屋里跑出来几十名病号，他们光着身子，一副十分可怜的模样：他们请求收留。不可能接纳他们。他们用各种语言恳求、威胁，坚持要我们收容。我们不得不挡住棚屋的门。他们拖曳着脚步去了别处，在火光照耀下，他们光着脚踩在融化的雪地上。很多人身后挂着散开的绷带。我们的棚屋好像没有危险，除非风向转了。

*

再也没有德国人了。瞭望塔上空无一人。

*

如今，我想，要不是有一个奥斯维辛存在过，否则在当今的时代里，没有人敢提天命。不过，当然，在那个时刻，对于《圣经》上所说的在极端的逆境中获救的记忆，像是一阵风刮过所有人的心际。

没法入睡。一块玻璃窗炸碎了，天气很凉。当时我想，我们本该弄一个炉子装上，搞点煤块、木柴和生活用品。我知道这一切都是必需的，但要是没有人支持，我永远不会有精力独自行动。我就跟两个法国人商量了此事。

*

1月19日。法国人同意干。我们三个天一亮就起了床。我感到自己又病了，身体软弱无力，又冷又怕。

其他病号又好奇又敬重地看了看我们：他们难道不知道是不允许病号出医务所的吗？而倘若德国人没有全部撤走呢？但他们什么也没说，有人作出尝试，他们挺高兴。

法国人对于集中营的地形毫无概念，但夏尔胆子大，又壮实，阿尔图尔机智，又有农民的实干精神。我们凑合地裹着被子出来了，外面冰天雪地，寒风凛冽，大雾弥漫。

我们看到的那番情景，是与任何人描述过的情景完全不同，从未见过，也从未听说过。

刚刚死去的集中营，似乎已经解体了。没有水，也没有电。敞开的窗户随风拍打着，屋顶上零星的金属板铿锵作响，大火焚尽的尘埃飞向高处和远方。炸弹轰炸的灾难，加上人的不幸。那些还能行动的病号，衣衫褴褛，跌跌撞撞，瘦骨嶙峋，拖曳着脚步往四处行走，像是匍匐在冰冻坚硬的大地上的一群虫子。他们在所有撤空的棚屋里搜寻食物和柴火；他们闯入那可恨的寝室长布置得滑稽可笑的房间里，那儿直到撤离的头一天还不准普通囚犯入内；他们再也控制不住自己的肠胃，把哪儿都弄脏了，还污染了宝贵的雪，那可是目前整个营地唯一的水源。

在被焚烧的棚屋冒烟的废墟上，好几队病人趴在地上，吮吸着最后的热气。另外有些病号在别处找到了几个土豆，在焚烧后的木炭上烧烤，以凶狠的目光环顾四周。少数人真的给自己点着了火，他们还有力气，在偶尔找到的容器里把雪融化了。

我们尽快地朝厨房走去，但土豆几乎都已快被抢光了。我们装了两口袋，交给了阿尔图尔保管。夏尔和我终于在特权人员房间的废墟里，找到了我们所需要的东西：一只笨重的铁炉子，炉管子还能使用。夏尔推着小车跑过来，把炉子装在车上，然后让我把它送到棚屋里去，他跑去背口袋了。在那儿他发现阿尔图尔冻得晕过去了。夏尔把两只口袋扛在肩上，并把它们放到安全的地方，然后又去照顾朋友。

与此同时，我勉强支撑着身子，尽可能驾驭好沉重的小推车。听到一阵马达声，只见一名党卫军骑着摩托车进入营地。每当我看到他们那铁板似的面孔，心里总会被恐惧和憎恶充塞。要消失在他眼前已经太晚了，我不想丢下炉子。按营地的规矩，见到他们得立正脱帽。我当时没有戴帽子，用被子严实地裹着身子。我就离开炉子走了几步，滑稽地鞠了个躬。德国人没有看见我就过去了，在一排棚屋周围拐了弯就走掉了。后来我才知道，自己是冒了多大的危险啊。

我终于推着小车到了我们的棚屋门槛，把炉子卸下来，交到夏尔手上。我累得喘不过气来，眼前飞舞着黑色的斑点。

得把炉子点上火。我们三个人的双手都已冻得麻木了，冰凉的铁粘在手指的皮肤上，但是得赶紧生起火来，得取暖，得煮土豆。我们找来了木柴和煤块，还有从焚烧的棚屋里弄来的木炭。

当震坏的窗子被修好时，炉子开始散发热量，我们每个人的身子仿佛都放松了，于是托瓦罗斯基（一个法国籍的波兰人，二十三岁的伤寒病号）提议其他的病号每人献出一片面包，酬劳我们三个付出劳动的人，提议被众人接受了。

仅在一天之前，类似这样的事情是不可思议的。集中营里的法令规定，"你吃你的面包，如果你能够，就吃你身边人的面包"，没有酬答感恩一说。这就是说，集中营的精神已经死了。

那是发生在我们中间的第一次人的行为。我认为可以定格在那一刻，把它看作我们作为囚犯逐渐重新变成人的开始，我们没有死。

阿尔图尔的身体恢复得相当不错，可是从那天起他总是特别怕自己处身在露天寒冷之中：他担当起保持炉火经久不灭的任务，以及烤土豆，打扫房间和护理病号等任务。夏尔和我分头负责外勤，还有一小时白日之光，我们出去了一次，搞到半升烈酒，一罐发酵的啤酒，不知是谁扔在雪地上了。我们把煮熟的土豆分着吃，啤酒一个人一勺。我傻傻地以为，这样可以抵御维他命缺乏症。

天黑了。整个营地里我们是唯一具备炉子的棚屋，我们为此感到自豪。很多其他病室的患者都挤在我们门口，不过，夏尔庞大的身躯令他们不敢贸然行动。无论是我们或是他们当中，没有人想到，倘若与我们的病号混居，难免会给我们的屋子带来极其危险的后果，而在那样的条件下，患上了白喉，比从四层楼纵身跳下来还更容易死。

对此我心里很清楚，但我也没有往那方面多想：长久以来，我习惯更多地考虑患病致死的可能性，那是难以抗拒的，任何外界的干预都无法挽救。我头脑里也没想过自己可以住到另一个病室里去，到另一个传染危险较小的棚屋去住。这里有炉子，我们劳动的成果，它散发出一种奇妙温馨的热气；这里我有一张床；最后，有一种缘分好像把我们十一个传染病隔离病房的患者连结在一起了。

偶尔听到时近时远大炮的轰鸣声，不时地听到有自动步枪的扫射声，在不时地被炭火的红光划破的黑暗中，夏尔、阿尔图尔和我围坐在炉子旁，抽着用从厨房拣拾来的香草自制的香烟，谈论着许多过去和将来的事情。在天寒地冻、战火纷飞的广阔的平原上，在像虫子般爬满人的漆黑的小屋里，我们觉得跟我们自己和跟世界和平相处着。我们是疲惫不堪，但是过去了那么长的时间，我们觉得终于做了某些有用的事情，也许如同上帝创造世界之后的第一天似的。

*

1月20日。到了黎明时分，轮到我生炉子。除了全身无力，四肢关节的疼痛，令我时刻想到自己的猩红热症状还远远没有消失。一想到我还得置身在寒冬中为其他的棚屋取火，我浑身哆嗦。

我想起了打火石，在一张小纸片上抹了点烈酒，并耐心地从一块打火石中刮擦出一层黑色的粉末撒在上面，而后更使劲地用小刀蹭刮打火石。成功了：迸出几颗小火星之后，小堆粉末点着了，纸片冒出酒精燃烧的苍白的火焰。

阿尔图尔兴奋地从铺位下来，从头天煮熟的土豆中为每人烤热三只土豆。然后，饿得全身哆嗦的夏尔和我重新出门，去业已被毁坏的营地上搜寻。

我们只剩下两天的食粮（就是土豆）。水只能从融化的冰雪中摄取，因为缺少大容量的器皿，所有融雪也是一件很艰辛的事情，而且融化后浑浊发黑的雪水还必须得过滤。

营地上死一般寂静。其他饥饿的人群跟我们一样，像幽灵似的四处转悠：长长的胡须，凹陷的双眼，僵硬发黄的四肢，在尘埃中拖着站不稳的双腿，从空无一人的棚屋里进进出出，带出各种各样物品：百叶窗、木桶、长柄勺、钉子。一切都是有用的，最有远见卓识的人已在策划怎么跟周围农村中的波兰人做有盈利的买卖了。

有两个难友在厨房里为最后几十个烂土豆打起来了。他们相互揪住对方的破衣服，以缓慢而又迟钝的奇怪动作相互殴打，冻僵的嘴唇上用意第绪语相互谩骂。

仓库的院子里有两堆大白菜和萝卜（淡而无味的大萝卜

是我们饮食的基础）。白菜和萝卜都冻成块了，不用镐头无法切开。夏尔和我轮番上阵，每抡一下镐头都得使出我们全部力气，我们刨出五十公斤左右。还有另外一件事：夏尔找到了一包盐（一次重大的发现！）和一桶水，也许有五十公升，已结成了大冰块了。

我们把所有的东西都装在一辆小车上（原先他们是用来把份饭分发给各个棚屋的，有大量的小车被丢弃在四处），我们在雪地上使劲地推着小车回来了。

那天我们仍吃着煮熟的土豆和在炉子上烤的萝卜片，已很满足。不过第二天，阿尔图尔答应我们会有重要的创造发明。

下午，我去了以前的诊疗室，寻找某些有用的东西。有人赶在我前面了：所有的东西都被一些不专业的劫掠者搞得乱七八糟。没有一瓶完整的东西，地板上扔着一堆堆破布烂条、废棉和药品，一具赤裸、扭曲的尸体。不过，眼看有某些东西是被前面的劫掠者忽略了：卡车上的一排蓄电池。我用小刀碰了碰两极，闪出一颗小火星，蓄电池还有电。

晚上，我们的屋子里有了灯光。

我躺在床上，从窗口看着一长段公路。已经有三天了，败北的德国国防军海潮般地从那里经过。装甲车、伪装成白色的"猛虎"卡车，骑马的和骑着自行车的德国兵，武装的和非武装的人都路经那里。夜里，在还未看见车辆之前，就听到履带发出的巨响。

夏尔问道："还在走吗？"

"一直在走着。"

似乎永远走不完了。

*

1 月 21 日。相反，这一切却都结束了。21 日黎明时分，平原上仿佛一片荒凉，严寒逼人，乌鸦纷飞，白茫茫的一片，一望无际，四周是死一般的凄凉、惨淡。

我几乎更愿意看到某些东西尚在运动之中。波兰的老百姓们也消失不见了，不知躲到哪里去了。好像连风儿也停止了。我本来只想做一件事：就是待在床上，钻进被子底下，沉浸在肌肉的劳累、神经的疲惫、意志的消沉之中，像死人一样地等待着，一切行将结束，或者一切都不结束，都没有什么区别。

但是夏尔点燃了炉火，勤快、诚实、友爱的人。他叫我干活："普里莫，起来干活，从上面下来，搭便桶的耳柄……"

他说的便桶，每天早晨得抓住桶把的耳柄，提到外面，倒入黑色的粪井里，那是一大早必须干的活。倘若一想到当时不可能洗手，而且我们之中有三个患的是伤寒，就会明白那不是一件令人高兴的活儿。

我们得开始用白菜和萝卜充饥了。当我去寻找木柴时，夏尔去采雪来融化，阿尔图尔动员能坐起来的病号们，让他们合作帮着择菜削萝卜皮，托瓦罗斯基、塞尔特勒、阿尔卡拉伊和申克都响应了号召。

塞尔特勒也是孚日山区的农民，二十岁，好像身体条件不差。不过，他的声音一天天带有一种不祥的鼻音，令人想到白喉是很少有人能克服的患疾。

阿尔卡拉是托罗萨德的犹太玻璃匠，性格平静而又理智，他患的是脸部丹毒。

申克是斯洛伐克的一位犹太商人：染上了伤寒，他胃口大得惊人。托瓦罗夫斯基胃口也特别大。法籍犹太人，傻乎乎的又爱嚼舌头，不过他的乐观主义态度对我们的群体有感染力。

于是，当病号们每个人都坐在铺位上用小刀干活时，夏尔和我就全力寻找一块能干厨房活的地方。

营地里处处一片狼藉，肮脏得难以描述。厕所的粪池都满了，自然没有人再过问修缮。拉痢疾的患者（有一百多号人）在医务室各个角落里大小便，把所有的水桶，分发份饭的大桶和饭盒里都拉满了粪便。脚底下稍不留神，就无法迈开步子。天黑时都不可能出来活动。尽管我们忍受着日渐严酷的寒冻，然而想到一旦解冻期来临会发生怎样的事情，就不寒而栗：疾病的感染将肆意泛滥，到处臭气熏天会令人窒息，另外，一旦雪化了，我们就完全会没有水喝了。

经过长时间的搜寻，最后我们在原本用作洗衣房的地方，找到了几英尺没有特别被糟践的地面。我们在那里点上了活火，然后，为了节省时间，省点儿事儿，用漂白粉搀和着雪自行消了毒。

一大锅菜汤快要煮好的消息很快传遍了半死不活的人群，门口集聚了一堆满脸饥不择食的人。夏尔举着汤勺，向他们作了简短有力的讲话，尽管用的都是法文，但无需翻译。

更多的人散去了，不过有一个人站了出来：他叫马克西姆，是个巴黎人，高档裁缝（他自己说的），患的是肺病。他愿意用留在营地里的大量的被子为我们裁剪衣服，换我们一升菜汤喝。

马克西姆真的大显身手。第二天夏尔和我都有了上衣、长裤和手套，都是用粗布做的，颜色很鲜艳。

晚上，分发完第一份菜汤，大家狼吞虎咽后，平地上的寂静打破了。我们从铺位上竖起耳朵听到神秘的大炮轰鸣声，还听到从我们头顶飞过的炮弹的呼啸声，好像大炮坐落在地平线上所有的方向上。我们当时实在太累了，以至都没有深感惊恐不安。

我想，外面的生活是美好的，而且今后也会是美好的，如果现在让自己沉沦了，将真就太可惜了。我唤醒那些瞌睡的人，当我认定大家都在倾听着，我先用法语，后来尽量用标准的德语说，大家现在应该考虑回家了，一切取决于我们自己。有些事情必须做，有些事情必须避免。每个人必须保管好自己的饭盒和汤勺；别把自己吃剩的菜汤给别人喝；如果不上厕所，就别从铺位下来；谁需要任何帮忙，别去求别人，就找我们三个人；阿尔图尔特别负责监督纪律和卫生，他得记住，与其冒把患白喉和伤寒的病号的碗勺换错的危险，还不如把脏饭盒和汤勺都扔掉。

在我的印象中，病号们已经对什么都不在乎了，对我说的话也不在意，但是我对阿尔图尔的勤勉很有信心。

*

1 月 22 日。如果谁能以轻松的心面对严重的危险，那就是勇敢的人。那么，那天早晨，夏尔和我就是勇敢的。我们把探索伸向党卫军的营地上，就挨着通电的铁丝网的外侧。

营地的守卫们大概是匆匆开拔走的。我们在桌上发现了已经结成冰的半盘菜汤，我们吞噬一空，充分享受一番。还装满着啤酒的壶罐变成了黄色的冰块，棋盘上还摆着一盘没有下完的棋。在集体宿舍里有一大批珍贵的物品。

我们装了一瓶伏特加，还有各种药品、报纸、杂志和四条上好的被子，其中的一条如今还放在我在都灵的家里。我高高兴兴地无意识地把外出的成果捎回小屋子，并把它们交给阿尔图尔保管。到晚上我们才知道，在那之后约半小时发生的事。

有几名失散的党卫军士兵，全副武装地闯入了丢弃的营地里。他们发现有十八名法国人驻留在党卫军队部的食堂里。他们按规定把法国人全部杀害了，在后颈窝开一枪，把抽搐的尸体排列在大路的雪地上。然后，他们走了。十八具尸体暴露在那里，直到俄国人到来。没有人有力气把他们埋葬掉。

此外，在所有的棚屋里现在已经有尸体占着铺位，它们像木头那样僵硬，没有人顾得上挪动它们。大地冻得太严实，以至没法挖出坑来，许多尸体胡乱地堆放在一条壕沟里。不过，从起初的几天开始，尸首堆已经高出壕沟掩体，从我们窗口就可看到猥亵的尸体堆。

我们与痢疾病室只相隔一道木头板壁。那儿有许多病人已濒于死亡，很多人已经死了。地面又覆盖上一层结成冰块的排泄物。没有人再有力气从被子里出来去寻找食物，谁先前这么做过，但再没有能回来救助难友们。有两个意大利人，为了抵御寒冷，扭绞在一张床上，就紧挨着那道隔离木板：我经常听人谈到过他们，但是因为我只讲法语，很长时间里，他们没有发现我的存在。他们那天偶然听到由夏尔用意大利语发音叫我的名字，打那以后，他们就不停地呻吟和哀嚎。

我自然很乐意帮助他们，因为有办法，有力量——不为别的，就是想让他们停止大喊大叫。晚上，所有的活儿都干完了，我克服了劳累和惧怕，拖曳着脚步，摸黑到肮脏的走廊里，一直潜入他们的病房，手里端着盛水的饭盒和当天剩下的菜汤。结果，从此以后，透过薄薄的木板壁，整个痢疾病室里的病人们日日夜夜都呼唤着我的名字，用的是欧洲所有语言的各种变化腔调，伴随着难以听懂的祈祷，令我无法躲避。我感觉到自己快要哭了，我真想诅咒他们。

夜里仍然发生了一些令人不快的意外。

睡在我下铺的拉克玛克尔，他是个不幸的人，瘦弱不堪，简直成了一堆残骸。他是（或者曾经是）一个荷兰籍犹太人，十七岁，瘦高个子，性情温和。他在床上已经三个月了，我不知道他是怎么逃过筛选的。他接连得了伤寒和猩红热，同时他心脏病也很严重，身上长满了褥疮，以至他只能腹部朝下俯卧着。尽管如此，他胃口却特别好。他只讲荷兰语，我们之中没有人能听懂他说什么。

一切的起因归诸于白菜和萝卜汤，拉克玛克尔想要两份。半夜里，他呻吟不止，然后从铺位下来。他想找厕所，但因为身体太虚弱，跌倒在地，哭着大声喊叫着。

夏尔点亮了灯（蓄电池显灵似的），我们能察觉到事故的严重性。荷兰小伙子的铺位和地板全脏了。小小的屋子里气味变得很快难以忍受。我们只有极少的储备用水，被子和草褥都没有可替换的。可怜的伤寒病人是可怕的感染源，也不能让他整宿躺在地板上呻吟，在污物中冻得发抖。

夏尔下了床，默默地穿上衣服。我掌着灯，他用小刀把被子和草褥上的污物全部刮下来；他像母亲似的悉心地把拉克玛克尔从地上扶起来，用从褥垫上拔下的稻草替他尽量擦干净，又把他抱回整理好的床铺上，以可怜的人可以倒下去的姿势让其躺下；而后，用一块铁板刮擦地面；最后用水调稀了一些漂白粉，把它撒在所有的东西上和他自己身上进行消毒。

我想这是多大的忘我精神，换成是我，那得付出自己多少精力才能做到像他那样。

*

1月23日。我们的土豆吃完了。好几天以来，棚屋里传言说有一个很大的储藏土豆的仓库，坐落在铁丝网外面的某个地方，离营地不远。

有几个无名的开路先锋已做过耐心的寻觅，或者应该确切地知道地方：果然，23日早晨，有一段铁丝网已经被戳破了，有两队可怜的饿鬼从开口处进出。

夏尔和我出发了，迎着凛冽的寒风行走在青灰色的平原上。我们来到了被戳破的屏障外面。

"普里莫，你说说，我们已经出营地了！"

真是这样：自从我被捕那一天起，我是第一次感到了自由，没有全副武装的看守，没有铁丝网把我和我的家隔开。

大概在离营房四百公尺以外的地方，有土豆埋在那里：一堆宝贝。两条长长的壕沟，里面全是土豆，为了防冻，有草皮和泥土交替覆盖在上面。没有人再会饿死了。

不过，要把土豆挖出来，可不是件轻而易举的事情。由于寒冻，土地的表面硬得跟大理石似的。得用镐头艰难地打透表层，让储存的土豆露出来。但更多的人更愿意钻进别人已经凿开的洞孔里，跻身在土豆深处，把土豆递给待在外面的难友。

一个匈牙利老人就是在那里当场死去了。他僵硬地躺在那里，一副饥肠辘辘的样子：他的脑袋和双肩横在土堆下，肚子贴着雪地上，双手伸向土豆。后来的人把他的尸体挪到一米之外，从腾出的开口处重新干起来。

打从那次以后，我们的膳食改善了。除了煮熟的土豆和土豆汤，我们还按照阿尔图尔的配方制作土豆炸糕提供给病号：用煮熟的土豆泥抹在刮擦好的生土豆片上，或者在烧红的一块铁板上烤，吃起来有烟尘的味道。

不过塞尔特勒不能享受，他的病加重了。除了说话的鼻音越来越重以外，那天他再也咽不下东西，不能进食：喉头的某些东西恶化了，每咽下一口东西，都会令他有窒息的危险。

我去寻找一位匈牙利医生，他作为病人留在对面的棚屋里。当他听到说病人患的是白喉，就倒退了三步，强令我出去。

纯粹为了预防传染，我给大家的鼻子上滴了几滴樟脑油。我向塞尔特勒保证，这对他会有好处的。我也尽力说服我自己。

*

1 月 24 日。自由。铁丝网的缺口为我们树立了自由具体的形象。要是尽力多动动脑子，也就是，不再有德国人，不再有筛选，不再有劳动，不再有挨打，不再有点名，而且也许，不久之后，就可以回家了。

不过，要说服自己相信自己已经获得自由，可是得费点劲儿，没有任何人有时间好好领略。四周的一切是毁灭和死亡。

我们的窗口外有一堆尸体，已经溢到壕沟外。虽然发现那里有土豆，然而所有人已虚弱到极点，营地里没有病人痊愈，很多人患有肺炎和腹泻。那些没有能力或者没有精力行动的人都沉闷地躺在铺位上，冻得僵直，没有人会察觉到他们是什么时候死的。

其他人都疲惫不堪到极点。经过了集中营的岁月，不是光靠土豆就能使人重新恢复力气的。当土豆煮熟后，夏尔与我从洗衣房把每日二十五公斤的菜汤拖拽到房间，而后我们不得不气喘吁吁地躺在铺位上，同时阿尔图尔勤快又周到地分发给众人，还悉心留下三份"给三个干活的人"，以及一点儿菜汤"给一旁的意大利人"。

2号传染病室也挨着我们的房间，里面住着大部分肺结核病患者，那里的情况就大不一样。所有那些能够走得动的，都往其他的棚屋住。病情最严重的和体质最虚弱的难友都一个个孤寂地自行消亡。

一天早晨，我进入2号病室想借一根针。一个临终的病人在上层的铺位上直喘粗气。他听到我进去后，就坐起身来，然后脑袋冲下悬挂在床沿上，朝我探出上身，他胳膊僵直，眼睛翻白。

下铺的那个人自动地向上伸出胳膊托举着那个人的躯体，于是发现上铺的那个人已经死了。他慢慢地放下沉重的身躯，那尸体滑落在地上，横躺在那里。没有人知道他的姓名。

但在 14 号棚屋里却发生了某些新奇的事。那里住着动完手术的人，其中有些人的身体情况还可以。他们组织了一次远征，出发到英国战俘的营地里去，人们推测那里的人很可能已经撤离了。那次远征成果丰硕。他们回来时穿着黄褐色的皮夹克，推着一辆小车，上面装满了从未见过的新奇的东西：人造奶油，做布丁的面粉，猪油，黄豆粉，白酒。

晚上，14 号棚屋里传出人们的歌声。

我们之中没有人再有力气能走两公里路去英国人的营地，并且还带着物品回来。不过，成功的远征间接地对许多人带来了好处。不公平的财富的分配形成了"贸易"的重新繁荣。在我们那死气沉沉的屋子里，诞生出一个蜡烛工厂，烛芯是沾了硼酸的小布条，用硬纸板做成的蜡烛外形，里面浇铸进纯蜡。14 号棚屋的"富人们"吸纳了我们的全部产品。

我自己就是在电气仓库里找到的一整块纯蜡：我记得当时那些看着我把蜡拿走的人不以为然的表情，下面就是对话：

"你拿它做什么？"

那时可不能泄露生产的秘密。我听见我自己用我经常从营地老囚犯那里听到的言语回答，它们包含了他们引以为豪的习惯：是"好样的囚犯"，能适应环境的人，善于应对困境的人，"对很多事情我都内行"。

*

1 月 25 日。轮到索莫吉了，他是一个五十岁上下的匈牙利化学家，瘦高个子，沉默寡言。跟荷兰人一样，也是伤寒和猩红热患者，但发生了某些新情况。他发起高烧。五天来都没说过话，那天他张开嘴，用坚定的声音说："我在草褥底下有一份面包。你们三个人分着吃了吧。我不再吃什么东西了。"

我们不知该说什么，但是当时我们没碰他的面包。他半个脸都肿了。一直到他还保持有意识为止，他始终在自己忍受，保持绝对的沉默。

然而一到晚上，整整一宿以及后来连续两天，他不再沉默不语，而是不断地在昏迷说胡话。接着是最后的没完没了的噩梦，屈辱和受奴役的噩梦，他开始喃喃自语，每呼吸一次就吭一声"Jawohl！"①。他那可怜的肋骨每瘪下去一次，他就吭一声"Jawohl！"像一部机器那样有规律，持续不断，重复了上千次，令人不禁想摇醒他，堵住他的嘴，不让他呼吸，或者至少说一句别的话。

我从未像当时那样明白，一个人要死去是多么艰难。

外面依然万籁俱静。乌鸦的数目剧增，大家都知道为什么。只是在长时间的间隔中，重新听到大炮的轰鸣声。

人人都奔走相告，说俄国人很快就要来到。人人都这么传播，大家都对此很有把握，但没有人能够平静地信以为真。因为在集中营里，人们失去了希望的习惯，也失去了对自己理智的信心。在集中营里思考是徒然的，因为事件多半是以难以预料的方式发展的；而且也是有害的，因为对事物太过敏感，会成为痛苦的源泉，而且当痛苦超越了某种极限时，某些符合自然法则的天赋会变得迟钝。

就像对于快乐、惧怕和痛苦会感到厌倦一样，人们对于期待也同样会感到厌倦。到了 1 月 25 日，我们同那个残忍的

① 德语。"遵命，是。"

世界之间的关系中断了八天了，尽管那也是一种世界。我们之中更多的人实在是精疲力竭，甚至都等待不了了。

晚上，夏尔、阿尔图尔和我，我们又一次地围着炉子，我们重新感到自己是个人了。我们可以无所不谈。我津津有味地听着阿尔图尔谈及在孚日山区的普罗旺如何过星期天，而当我谈到在意大利的停战，谈到令人绝望的游击队缓慢的抵抗运动，谈到背叛我们的人，以及后来我们在山上被捕的情景，夏尔几乎哭了。

在我们后面和上面，总共六个病人，在黑暗中一字不漏地听着，即使是那些不懂法语的人。只有索莫吉坚持他的视死如归的精神。

*

1月26日。我们卧躺在一个病人和幽灵组成的世界里。人类文明最后的痕迹在我们四周和我们心里早已消失殆尽。趾高气扬的德国人所从事的兽性的行动已经由溃败的德国人圆满地完成了。

杀人者是人，施加或承受不公正的人是人。毫无顾忌地与尸体同睡一个铺位者不是人。等着邻近的人最后死去、以便能夺走他四分之一份面包的人，尽管没有他的过错，却是最没有思想的人，是最粗鲁的卑鄙小人和最残忍的施虐的人。

我们生命的一部分存在于最接近我们的人的心灵之中：这就是为什么在人被当作一样物品的岁月里生活过的经历是非人的。我们三个人很大程度上未被感染，我们应该互相感恩。所以，我跟夏尔的友情将会经得起时间的考验。

然而，在我们头顶上几千米的高处，穿梭在灰色云彩的空隙处，飞机的搏斗展现着复杂的奇迹。就在我们这些赤身裸体、无能为力、手无寸铁的人的上空，我们这个时代的人正在竭力用最精美的武器相互厮杀。他们只要动动手指头，就能造成整个营地的毁灭，能消灭几千个人；而我们所有能量和意志力的总和都不足以延长我们之中哪怕一个人仅仅一分钟的生命。

夜空中的混乱和喧嚣停止了，屋子里重又充斥着索莫吉的个人独白。

在漆黑一片中，我发现自己突然惊醒了。可怜的老人不出声了，他已结束了生命。在生命的最后一次搏动中，他从铺位摔落到地上。我听到了膝盖、胯骨、肩膀和脑袋碰撞地面的声响。

"死神把他从床上撺下来了。"① 阿尔图尔断言说。

我们当然不能把他连夜抬出去。我们只好再次入睡。

*

黎明。地板上索莫吉一堆干瘦的肢体狼狈不堪。

有更紧迫的活儿得干：因为不能清洗，我们只能在做好饭菜和用完饭之后去碰触他，另外，"……没有比粪便溢出外面更令人恶心的事情了。"② 夏尔说得对，得倒空便桶。活着的人更应严格要求，死人可以等待。于是我们像每天一样干起活来。

俄国人来到时，夏尔和我正把索莫吉抬到不远的地方去。

───────
① ② 原文为法语。

他的躯体很轻。我们把担架翻转在雪地上。

夏尔脱去了帽子。很遗憾，我没有帽子。

传染病隔离室的十一个人中，唯有索莫吉在十天内死去了。塞尔特勒、卡涅奥拉蒂、托瓦罗斯基、拉克马克尔和多热特（至今我没有谈起过此人，他是一位法国企业家，在接受腹膜炎手术后，患上了鼻部白喉），他们在几个星期之后去世了，死在奥斯维辛的俄国人的临时诊所里。4月份，我在卡托维茨遇上了申克和阿尔卡法伊，他们都挺健康。阿尔图尔与家人幸福地团聚了，夏尔又重新当老师了。我们相互写过很多信，我希望有朝一日能再见到他。

　　　　　　　　　　　　　阿维利亚诺，都灵

　　　　　　　　　　1945 年 12 月至 1947 年 1 月

普里莫·莱维年表

1919 年 7 月 31 日，普里莫·莱维出生在都灵的家中，他在那里度过整个人生。他的祖先生长在皮耶蒙特大区，是来自西班牙和普罗旺斯的犹太人。普里莫·莱维在《元素周期表》一书的开卷篇中描写了祖先们的生活习俗、风格和他们的俚语。莱维对他的祖父们记忆深刻。他祖父是位土木工程师，在家乡有房子和一座小田庄，死于 1885 年；他外祖父是一位布匹商人，于 1941 年谢世。父亲切萨雷生于 1878 年，1901 年毕业于电子工程系，在国外工作旅居（比利时、法国、匈牙利）多年之后，于 1917 年娶生于 1895 年的艾斯特·露扎狄为妻。

1921 年 妹妹安娜·玛利亚出生，普里莫一生与其关系十分密切。

1925—1930 年 上小学，体弱多病。上小学最后一年，由人给其私人授课。

1934 年 入达泽利奥中学上初中和高中，该校以聘用一些反法西斯著名人士而闻名。高中在当时曾受到"清洗"，表示不过问政治。莱维当时是一位生性胆怯，勤奋好学的学生，对化学和生物学感兴趣，对历史和意大利语课程不甚喜爱。

在学校里他并不特别出众，但没有哪一门课程是不及格的。高中一年级时，著名作家切萨雷·帕韦塞是其意大利语教授，曾在那里授课几个月。后来莱维与其成为一生至交。求学期间他在山区曾度过漫长的假期，并开始与大山结下不解之缘。

1937 年　高中毕业，意大利语考试曾于 10 月进行过补考。报名入都灵大学理学系化学专业就读。

1938 年　法西斯政局颁布第一道种族主义的法令：禁止犹太人上公共学校，不过，允许已经报名入学者继续其学业。莱维经常参加犹太人和非犹太人的反法西斯学生团体的活动，并且阅读托马斯·曼、奥尔德斯·赫克斯利、斯坦尔、沃费尔、达尔文、托尔斯泰等人的著作。"要被驱逐出大学的法令勾起我心灵的创伤，我听到一种声音在对我说：注意，你是跟别人不一样的，而且你不及别人：你小气悭吝，一个外国人，你脏，一个危险分子，不可靠。我以发奋学习的方式下意识地进行反抗。""种族主义的法令是天意，对于我来说来得很及时，对于别人也是：它们荒谬地暴露法西斯主义的愚蠢。当时他们似乎已忘却法西斯的罪恶面目（秘密杀害马泰奥蒂的罪行）；提醒人们该看到他们愚蠢的一面……我的家庭忍无可忍地接受着法西斯。我父亲迫不得已地加入了法西斯党，不过也不得不穿上黑色衬衣。而我是法西斯党少年先锋队队员，后来还是法西斯党青年先锋队队员。可以说是种族主义法令赋予了我和他人那种争取自由的意志。"

1941 年　莱维以满分加赞扬的优异成绩大学毕业。他的毕业证书上注明其是"犹太族人"。莱维艰辛地寻找一份工作，因为家庭经济拮据，父亲因患有癌症而濒于死亡。他在兰佐地区的一处石棉采石场找到一份半合法的差使：在工资支付名册里没有其名字，不过他是在一个化学实验室工作。他热衷于要解决的问题是从少量的卸货材料中分离出镍（见《元素周期表》一书中的《镍》篇）。

1942 年　在米兰的一家名叫 Wander 的瑞士制药厂找到一份收入较高的差使，在那里他负责研究治疗糖尿病的药品：这方面的工作经历在《元素周期表》的《磷》一章中有所阐述。11 月，盟军在北非登陆。12 月，俄国人胜利地保卫了斯大林格勒。期间，莱维和他的朋友们与反法西斯的一些头面人物有所接触，他们在政治上迅速地成熟。莱维加入反法西斯的地下行动党。

1943 年　法西斯政府倒台，墨索里尼被捕。莱维活跃在未来民族解放阵线的政党之间。9 月 8 日，巴多利奥将军宣布停战，然而"战争仍在继续"。德国武装部队占领意大利北部和中部。莱维参加在北方山区瓦拉奥斯塔一带活动的一个游击队，但在 12 月 13 日黎明时分，他跟其他两位战友一起在博鲁松附近被捕。莱维被押送到卡尔比-佛索利的拘留营里。

1944 年　2 月，佛索利的集中营被德国人接管，他们把莱维和其他一些游击队员，无论男女老少都用一列火车押送至奥斯维辛。旅行持续五天。抵达那里以后，男人们与妇孺们分开，被带到 30 号棚屋。莱维把其得以存活下来的原因归诸于幸运。他足够精通的德语使得他能以听懂集中营看守们的命令。另外，从 1943 年末斯大林格勒一战之后，德国境内劳动力的奇缺使得他们不得不动用犹太人，他们成了无价的劳动力储存库。"物质的匮乏，劳累，饥寒交迫，令我们体力上疲惫不堪，不过，却从精神上分散了我们对自身遭受的不幸而感到的极大的痛苦。人不可能是完全不幸的。在集中营里很少有人自杀的事实表明了这一点。自杀是一种哲学的现象，是取决于思想的一种职能。紧张的日常劳动分散了我们的思想：我们可以向往死，但我们不能考虑赋予自己死亡。在抵达集中营的前后，我曾几近自杀，有过几近自杀的念头，但从来不是在集中营里面。"在整个集中营期间，莱维从未患过病，然而就在 1945 年 1 月，在俄国人即将抵达之际，在德国人要撤走集中营丢下病号弃之不管，要让他们自生自灭时，他却染上猩红热。其他的战俘又被押送前往布痕瓦尔德和毛特豪森，可他们几乎都死了。"应该说，奥斯维辛的经历对于我来说，是涤荡了我所接受过的任何宗教上的教育和修养……有奥斯维辛，就不能有上帝的存在。我找不到一种解决此困境的良方。我寻找过，但我找不到。"

1945 年　莱维在卡托维茨（Katowice）苏联的一个过境营地里生活几个月：7 月开始回国的旅程，可是整个旅行无端地拖延至 10 月。莱维及其同伴们走了一条迷宫似的错综复杂的路线，先是把他们带往白俄罗斯，经过乌克兰、罗马尼亚、匈牙利、奥地利，最后终于回到祖国（10 月 19 日）。莱维在其《终战》一书中讲述了这番经历。

1946 年　融入战后千疮百孔的意大利社会甚为困难。莱维在都灵附近的阿维利亚诺小城的杜卡-蒙特卡迪尼油漆工厂找到一份工作。莱维的思绪始终难以摆脱在奥斯维辛集中营里所遭受过的磨难，他奋笔疾书，写下《这是不是个人》一书。"在《这是不是个人》中，我竭力写出较为重大的、沉重的、重要的事情。我觉得应该激起公众义愤填膺：那是一种几乎具有法律效应的见证，我本来是有把它写成一份诉讼状的意图——并非带有挑起报复、复仇和惩罚的目的——然而它永远是一个见证。因此我觉得有些议题比较次要，于是，我降了 8 度的音阶，对作品作低调处理，而且在很久以后才完成。"

1947 年　从杜卡油漆厂辞职。与一位朋友合伙短暂辛苦地独自单干。9 月份娶露西亚·莫珀戈为妻。莱维把本书的打字稿递交给艾依纳乌迪出版社（Einaudi），但该社用笼统的托词加以搁置。后在佛兰克·安东尼切利的推荐下，由德·西尔瓦出版社发行了 2500 本。小说受到各界好评，但销售量不大。莱维认为自己作为见证人—作家的任务就此结束，就全身心投入化学家的职业。莱维在位于都灵和都灵 7 区之间的名叫西瓦的一家小油漆工厂的实验室当化学工程师。仅几年功夫就当上该厂厂长。

1948 年　女儿丽莎出生。

1956 年　在都灵举办的一个有关当年遣送去奥斯维辛的史实展览获得极大的反响。莱维被年轻人围住提问，请他讲述自己当时遭受过的经历。这使他重新树立用文字来表述内心感受的决心，他重又把《这是不是个人》一书的文稿递交给艾依纳乌迪出版社，这一次该出版社决定在名为《评论》的一套丛书上发表此书：从此，《这是不是个人》一书得以一再重版，并被译成其他文字。

1957 年　儿子兰佐出生。

1959 年　《这是不是个人》在英国和美国翻译出版。

1961 年　《这是不是个人》法语和德语译本出版。

1962 年　《这是不是个人》一书的成功激励了莱维的写作热情，他开始撰写《终战》，记述从集中营返回祖国的历险旅程。与前书不同的是，此书是按照计划而写的。莱维采取每个月写一章的方式，他总是在夜晚或是在节假日里写作；而且从来也不耽误其所从事的职业生涯。从此他的生活就分为三个部分：家庭、工厂和写作。化学师的工作占据了他全部精力：他不断地出差去德国和英国。"《终战》一书是在《这是不是个人》问世 14 年之后才写成；这是一部更为成熟、更有文采、更具深厚语言功底的作品。它讲述了真实的、却又经过艺术提炼的故事。之前有过无数的版本：我是说，每一种经历我都多次向不同文化层次的人讲述过（经常跟中学生们讲述），并逐步地加以调整，以期得到更为正面的反响"。

1963 年 4 月，艾侬纳乌迪出版社出版《终战》，获得很多好评，封面的折页推荐语是由伊塔洛·卡尔维诺撰写的。9 月，《终战》获得了威尼斯首届坎皮耶罗文学奖。

1964—1967 年 在日常的实验室和工厂里工作中所受到的一些启示，写就了不少以技术工作为题材的短篇小说，发表在《白天》及其他的杂志上。

1965 年 回到奥斯维辛参加在波兰举行的一次纪念仪式。"重返故地似乎并非那么激动人心。场面太过喧嚣鼓噪，不够虔诚庄重，一切都重新整理得井然有序，门面干干净净的，太多的官方讲话"。(引自 1984 年的一次采访)

1967 年 莱维把短篇故事整理成《自然的故事》一书，采用达米亚诺·马拉巴伊拉的假名。

1971 年 莱维出版了题名为《形式的恶习》的第二套短篇集，这次他用的是真名。

1972—1973 年 多次赴苏联出差旅行 (见《猴子的扳手》和《欧洲鲥鱼 1》和《鲥鱼 2》。)"我当时在陶里亚蒂格勒，我注意到苏联人对我们的技术工人很尊重。这令我好奇：那些人挨着我一起坐在食堂里；他们代表了一种巨大的技术和人类的财富；但是他们注定是无人知晓的无名的人，因为从来没有人会写到他们……《猴子的扳手》一书就是诞生在陶里亚蒂格勒；另外，故事发生的环境就是在那里，虽然城市的名称在书中并没有被明显提及到。"

1975 年 莱维决定退休，离开西瓦的领导岗位，不过，在那里又当了两年的顾问。

1978 年 发表《猴子的扳手》，讲述了皮耶蒙特的一个装卸工的故事。他周游世界，建造铁塔、桥梁、石油钻台，讲述其职业生涯中日常遇见的人和事物，及其工作中的困难和历险。"全书集中重新估价劳动的价值，无论是'创造性'工作，亦或是'打短工'：何况，一种劳动，哪怕是一千个法乌索内 ① 都在干的工作，还是其他行业和其他社会层面的工作……真实的法乌索内不存在，我让他出现在书里面，而他是存在的；他是由我所认识的现实的人凝聚而成……"7月，《猴子的扳手》获得斯特雷加文学奖。

1980 年 《猴子的扳手》法译本问世。克洛德·列维-斯特劳斯写道："我格外欣喜地读完了此书，因为没有比聆听劳动的语言更令人喜爱的了。从这个角度来看，莱维是一个伟大的人类学家。此外，此书的确很有意思。"

1981 年 按照朱利奥·博拉迪的思路，莱维为艾依纳乌迪出版社准备一部个人文选，即选择一些对其文化成长有过重要影响的，或者他感觉到与其有相似之处的作者。选集以《寻根》作为书名发表。11 月，发表了从

---

① 译注：《猴子的扳手》中的人物名。

1975 年至 1981 年期间所写的故事集,《莉莉丝和其他短篇故事》。

1982 年 4 月,小说《若非此时,何时?》问世,当时即获得成功。6 月获维亚雷乔奖,9 月获坎皮耶罗奖。第二次参观奥斯维辛。"当时我们人数很少,这次参观令人心情十分激动。我头一次看到比克瑙的纪念碑,它是奥斯维辛三十九个集中营中的一个,就是设有毒气室的那个。铁路保留着。一条锈迹斑斑的铁轨进入营地,延伸至一处空坑的边沿。前面有一列象征性的火车,是用一块块大理石制成的。每一块大理石上有一个民族的名字。这就是纪念碑:铁轨和大理石。我重新感受到当年的情景。比如,营地的气味。一种无害的气味。我想那是煤的气味。"小说《若非此时,何时?》法译本问世。受朱莉奥・艾依纳乌迪之邀,为《名家名译》的丛书翻译卡夫卡的《审判》。

1983 年 翻译法国人类学家克洛德・列维-斯特劳斯的《面具之路》。4 月出版卡夫卡的《审判》的意译本。翻译克洛德・列维-斯特劳斯的《来自远处的目光》。《他人的手艺》一书中论述了有关翻译的问题:《翻译和被翻译》。

1984 年 6 月,在都灵会见物理学家图里奥・雷杰。谈话录音整理成《对话》一书,于 12 月由群体出版社出版。10 月,加尔扎迪出版社出版其诗集《惶惑的时刻》,包括 27 首曾于 1975 年发表的诗篇,以及其他 34 首在《新闻》期刊上发表过的诗歌。11 月,《元素周期表》英语版问世。该书出版后好评如潮。小说尤其得到美国作家索尔·贝娄（获 1975 年诺贝尔文学奖）的赞赏："我们一直寻觅这种必不可少的好书。才翻阅了几页，我就沉醉在《元素周期表》一书之中，欲罢不能。书中没有任何多余的描述，文笔简洁精炼。全书是如此地纯净，诠释得如此得体。"索尔·贝娄的认可，促就了不同语言版本的莱维作品译本的问世。

1985 年　1 月，以《他人的手艺》为题的、收录了近 50 篇作品的短篇小说集问世，其中大部分在《新闻》期刊上发表过，此书展现了"他具有撰写百科全书般巨著的敏锐和缜密的探索天赋，以及始终从观察的立场出发的一种道德伦理主义者的灵感……在莱维百科全书式的事物中，展示最多的是言语和动物。（有时候可以说，他是倾力在把两种激情融化在一种动物的语言学和语言的人种学之中。）在他离题奇葩的语言中充满着有趣的语言的重构，言语是如何通过使用而变形的，又怎么在多变的词源学的合理性和说话者迅速表达的合理性之间存在着矛盾冲突。"（卡尔维诺，1985）。2 月，为《对奥斯维辛的指挥官鲁道科夫·霍斯的自传体回忆录》一书的袖珍新版写序言。4 月，赴美国（纽约、洛杉矶、布鲁明顿、波士顿等地）的各大院校，进行一系列的讲座和会见；正值由欧文·豪斯作序的《若非此时，何时?》的英译本问世。

1986 年　4 月，《被淹没和被拯救的》出版，它代表莱维对集中营所遭受的经历最精辟的反思。《猴子的扳手》的英译本在美国问世，以及题为《缓刑时刻》的短篇选集出版。

《若非此时，何时？》的德译本问世。莱维赴伦敦（他在那里会见了美国作家菲利普·罗斯）和斯德哥尔摩。9月，在都灵接待来访的罗斯，与他签署了一份长篇书面访谈的合同，有待发表在《纽约书评》。

　　1987年　3月。《元素周期表》的法译本和德译本出版。莱维接受了一次外科手术。4月11日，莱维在其都灵的家中去世。